Théâtre contemporain de langue française

Joël Pommerat

Les Marchands
Cet enfant

コレクション 現代フランス語圏演劇 10

ジョエル・ポムラ

時の商人

訳＝横山義志

うちの子は

訳＝石井 惠

日仏演劇協会・編

れんが書房新社

本書は下記の諸機関・組織の企画および協力を得て出版されました。

企画：東京日仏学院

協力：フランス元老院
アンスティチュ・フランセ
SACD（劇作家・演劇音楽家協会）

L'INSTITUT
東京日仏学院

Cette collection *Théâtre contemporain de langue française* est le fruit d'une collaboration avec l'Institut franco-japonais de Tokyo, sous la direction éditoriale de l'Association franco-japonaise de théâtre et de l'IFJT

INSTITUT FRANÇAIS　SACD SOCIÉTÉ DES AUTEURS ET COMPOSITEURS DRAMATIQUES　la culture avec la copie privée

Collection publiée grâce à l'aide du Sénat français, de l'Institut français, et de la SACD

目次

時の商人……横山義志訳　7
うちの子は……石井　惠訳　97
＊
解題……横山義志　153

時の商人／うちの子は

時の商人

訳——横山義志

寓話劇『時の商人』の物語は、同時に二つの形式で観客に語られる。一つは語り手の言葉であり（これだけがここに出版されたテクストに転記されている）、もう一つは一連の無声の場面で、そこでは様々な登場人物が様々な場所で行う行為が混在している。従ってこの作品のエクリチュールはこの二つの次元が合わさって構成されているが、両者が一つのものになるのは作品が上演される時のみである。語り手が語る物語に伴う舞台上の場面は、単なる説明ではない。それによって語られていないことが補われたり、時として語られたことに疑問符が投げかけられたりもする。この語りは単なる客観的証言ではなく、場合によっては逆に、語りと呼応して演じられる出来事が語りの内容自体を否定することもある。この語りの信頼性は全く保証されていない。

テクストからは見えてこないこの部分を想像力で埋め合わせ、補い、そうしてこの寓話の意味を夢想することは、この本の読者の役割である。

J. P.

1

今聞こえてる声、
これは私《わたし》の声です。
私が今どこにいるのかは、どうでもいいことでしょう、
そうなんです。
そこにいるのが私です、
ほら、今立ち上がったのが
今話し出そうとしてるのが私です……
ほら、私が話してる……。

私はあの女《ひと》の友達でした、
そこにいる、私の隣に座ってる人。
友達って

ちょっと曖昧な言い方ですが、
友達だったんです*。

あの女《ひと》は自然なことだと思ってました、
私もその頃はそう思ってたんですけど
死んだ
人たちと
つきあいを
つづけていくことが……。

本当に生きているのは死んだ人だけなんだって言ってました、
本当に生きてるのは。
あの女《ひと》にとっては生きてるのは死んだ人だけだったんです。
だから死んだ人たちと話してました。
死んだ人たちと
かなり頻繁に。

2

考えてみると本当にひどい話なんです、
あの女《ひと》のあのときの状況。
誰も同じ立場にはなりたくないでしょう。
特にあの女《ひと》を
精一杯支えていたお父さんが、
亡くなってからは。
あのマンションは、
あの女《ひと》が住んでいたところですけど、
あそこは、
きっと想像できないでしょうけど、
ぞっとするくらいとにかくなんにもなくて、
文字通り空っぽだったんです……。
入ってみると
気まずくなるくらい
そこで誰かが暮らしてるって想像するだけで
暗い気分になるくらいでした。
そう

＊仏語でこの《mon amie》という表現は「私の恋人」という意味にも取りうる。

本当に空っぽなんですから……。
ぞっとするくらい。
あんな状況であのマンションを買うっていうのは無茶なんですけど、
あの女《ひと》にどこか普通じゃないところがあるのが分かるでしょう。
いつもお金の悩みに埋もれているような人でした。
あの女《ひと》の借金は
たとえば少なくともスポーツカーが一台買えるくらいのものでした。
まさに行きづまりの状況でした。
生きていくための最低限の収入もないのに……。
それにどうせ免許もありませんでしたけど……。

あの高層住宅*は
あのあたりで一番快適なマンションの一つで
その下にある本当にみすぼらしい感じの
古くさいアパートとは全然違いました。
そうあの女《ひと》がそのマンションを選んだのはそこがちょっとだけ他よりましだったからとか
あの女《ひと》みたいな人が他にも買ってたからとかそんな理由なんです。
二一階に住んでて
遠くまで見渡せて

エレベーターも
最新式でした。
でもそれ以外、
あの女《ひと》は、
あの女《ひと》は何も持ってませんでした、
借金以外は何も。
一昔前みたいな貧乏生活なのに
すごくおしゃれなマンションで。
ええかなり妙な感じでした。
何よりもあの女《ひと》に足りなかったのは
仕事で
それはあの女《ひと》もよく分かってました。
仕事をしないと
生きてる気がしませんよね
自分に
価値がなくなったような気がするんです。
もちろん

＊フランスの高層住宅（tour）は主として低所得者向けのいわゆる「公団（ＨＬＭ）であり、その「高級」さはあくまで相対的なものである。

生活も苦しくなりますし。
時間が、
毎日、
なかなか過ぎていかないって
あの女《ひと》が言ってました。
拷問みたいですよね
そんなつらい
つらい思いが毎日つづくなんて……。

自分はすごく恵まれてると思いました
仕事があって
特にあの女《ひと》のことを考えると。
あんな状況にいたらどんなにつらいか、
仕事もできるはずなのに認めてもらえなくて、
あんなにお金でも苦労して。

3

本当に私は運がよかったと思います

この仕事のおかげでちゃんと生きていけて
真っ当に生きていけて
自分をちゃんとした人間だと思えて。
それがどれだけ幸運なことかよく分かってました。
子どもの時から、
どうしてっていうわけでもないんですけど、
私はいつも他の人よりちょっとだけ運がよかったんです。
もちろんだから、
私は運がよかったから、
仕事があったから、
あの女《ひと》と顔を合わせるとときどき悪いような気がして、
同情したくなるんです、
あの女《ひと》は私みたいな運がなくて、
そのせいで、
言葉にならないくらい大変な思いをしてるんですから。
あの女《ひと》みたいに一人で生きてたらふつうあんなつらい思いは耐えられないでしょう、
本当にあらゆる人から見捨てられて、
自分が何の役にも立たない
何もできない人間みたいな気がするんですから。

4

ときどき朝
起きて
仕事に行こうとすると
まだ日も出てないのに
あの女《ひと》も起きて家《うち》に来たりしました
私に会って一緒に過ごすために。
どうしたの、
まだ眠いでしょ、ゆっくり寝てればいいのに、っていうんですけど。
私があの女《ひと》を置いて出かけなきゃいけない
そのとき、
その瞬間が
本当に
すごくつらい
一番つらい瞬間でした。
あの女《ひと》を置いてくとき
あの女《ひと》がどんな一日を過ごすのか分かってたので

そう本当に何もすることがないんですから
私は
ふつうに一日を過ごせるのに。
ええ
すごくつらいものでした。

5

ときどきあの女《ひと》は家《いえ》に親戚を呼びました
特に理由もなしに。
誰だってあの女《ひと》の家《うち》に上がるのはあまり気が進まないということはよく知っていました。
だから毎回、前よりも気の利いた言い訳をでっちあげなければいけなくなって。
あのマンションは
本当に空っぽで
本当に寒々しくて
さみしくて
石ころだらけの砂漠みたいで
ほっとした気分にはなりようがないところでした。
テレビのまわりだけがちょっとだけにぎやかで。

一番困るのは
あの女《ひと》が毎回
あの女《ひと》なりにその晩で一番いいタイミングを見計らって
毎回
妹さんにお願いするんです
お金を貸してって、何度目か知らないけど
できるだけこっそりと、あの女《ひと》なりにですけどね……。
いつも妹さんはやっぱり嫌な顔をして
結局
きっとあの女《ひと》に同情しないわけでもなかったんでしょうけど
妹さんは全く
聞く耳を持ちませんでした。
もちろん私の友達のお願いに毎回答えるなんてできなかったでしょうし……。

ええ
それは本当に耐えがたい瞬間でした。
私たちにこんな思いをさせるのはやめてほしいって、ちょっとあの女《ひと》に言ってやったこともあります
私もそうですし

それに
他の人だって。

6

ちょっと特別な夜にあの女《ひと》が親戚を家《うち》に呼んだことがありました
あの女《ひと》の息子が九歳になる誕生日だったんです。
あの女《ひと》の妹と叔父さんはまた
このときも
招待を断れませんでした
まあ
当然
子どもの誕生日っていうのは大事なので。
全員がそろってあの女《ひと》が部屋で待ってる息子を連れてこようとして
そのときに
何日か前からいつ起きても不思議じゃなかったことが
起こるべくして
起きてしまったんです……。
真っ暗になって……。

最初はみんな建物全体が停電になったんだと思いました。
でもすぐに停電になったのがこの部屋だけだって気づきました
だから当然
すぐに
その理由にも気づきました……。
あの女《ひと》にとっては最悪の事態でした
この日のパーティーを特別な思い出にしようとしていたのに。
あの女《ひと》がお金にも物にも不自由してるのを
あらためてみんなが目の当たりにしてしまったんです
もちろん電気が切られたのは
あの女《ひと》の家《うち》だけでした。
それで誕生日も、
あの女《ひと》の息子のためのパーティーも
台無しになってしまいました。
叔父さんはすごく怒っていました。
お前には本当に現実感覚というものがないな、
あきれたよ、って
叔父さんのいうとおりだったので
あの女《ひと》はいよいよ身の置き場がありませんでした。

7

ある日、私の友達の叔父さんと私の友達の妹が結婚しました、
その二人がです。
端《はた》から見ると、この結婚はすごく特殊な結婚みたいに、
妙な話にすら見えたかも知れませんけど、
私の友達の叔父さんは私の友達とその妹のお父さんとは異母兄弟だったんです。
だからこの結婚はちゃんとした結婚でした
それに
正真正銘の愛のある結婚だったんです。

8

何年か前から私は
ちゃんと仕事があるのはよかったんですけど
この地域に住んでいるほとんどの人と同じように
あの会社で働けて
ですがちょっとした問題に悩まされてました。
健康に関するちょっとした問題で

たぶん
私の仕事が関係していました。
仕事のあと
家《うち》に帰るとすぐ
背中に
痛みのようなものを
感じるようになってきました
本当をいうと叫びたくなるくらいで
お医者さんが出してくれた
魔法のような薬を使ったおかげで
ちょっと楽になりました。
たぶん私の友達がいなかったら
あの女《ひと》がはげましてくれなかったら
ぜったいそのうち
耐えられなくなってたでしょう
きっとそうです。
家《うち》にこもって
自分のポストもなくなって
だってそういうもんですから……。

私が床の上の蠅を一日中数えているあいだに
他の連中は会社で仕事をつづけてる
私抜きで。
そんなことを
想像すると
本当にぞっとします。

9

いつかあの女《ひと》のお金の問題がほとんど
気が遠くなるくらいになったとき
あの女《ひと》よりもちょっと上の階に住んでる人に会ってみるようにアドバイスしたことがありました。
高層マンションの二九階でした。
一見、
働いているようには見えないのに、
やっぱりそのマンションの持ち主で
とてもきれいな新車を買っていました。
多くの男が昼間からその女性の家《うち》を出入りしているという噂でした。
正直なところ私には信じられませんでした。

その女性に私の友達のマンションの
ローン一ヶ月分をお願いしてみようという話になっていました。

でも、ちょうどその話をしようとしたとき
あの女《ひと》は私に話がしたいという顔をしました。
私の友達は、その女性が
似てるっていうんです
あの女《ひと》の妹に……。

少なくとも二回は聞き返したんですけど。
二人が似てるとは思えなかったんで。
この「似てる」という話は私の友達のちょっとしたオブセッションで、この話が出るたびに、あの女《ひと》には現実が見えてないときがあるという確信がますます強くなりました。
この時は最悪でした
いきなり帰りたいと言い出して。
怖い、っていうんです
その人が怖い、って
妹に似てるから、って。

10

ある日、こんなことを言い出したこともありました
あそこで、
私が働いている作業場で、
誰かが、女の人ですけど、妹と本当に瓜二つだって。
私の仕事が終わったあと、あの女《ひと》が迎えに来たときに見たっていうんです。
もちろんそのあと、次の日すぐにまわり中探してみたんですけど、私のまわりの女の子を全部チェックしてみても、全然分かりませんでした。
だってもちろん、職場にはあの女《ひと》の妹に似てる人なんて一人もいなかったんです。
でもあの女《ひと》はよくそういう風に物とか、
人とかを見間違えることがよくありました。
やっぱり、あの女《ひと》はいつも現実を見ているというわけではなかったんです。

11

でもやっぱりあの女《ひと》にとって一番つらかったのは
どうしてノルシロールに入れなかったのか分からないことでした。
この地域の人はほとんどそこで働いていたのに。

あの日、どうしてそんなことが出来たのかみんな首をかしげてたんですが、
あの女《ひと》が、社員でもないのに敷地内に入り込んだんです。
出入り口は完全にガードされていたのに。
私の友達は本当にひどい鬱状態で
ほとんどパニックになっていました。
ただ知りたかっただけなんです、
ここで働いてる人たちと自分がどう違うのか、って言って。
ここでやっていけるか試すたびに、このいろんな部署で、雇ってもらうためのテストとか試験
採用とかをやらせてみるたびに、
あの女《ひと》はいつもしくじって、採用されなかったんです。
ここの仕事をこなすには細かい作業ができて
几帳面でないといけないので、
そんなに簡単なものでないということは私はよく知っていました。
私の友達はそういうことが得意な方ではありませんでした。
その朝は
あの女《ひと》を落ち着かせて出ていってもらうために
事務で働いてるあの女《ひと》の妹と小さな作業場の監督をやっている叔父さんを呼ばなければいけませんでした。
この日、あの女《ひと》に対する会社の評価が上がったわけでは全くなかったということも付け加えてお

いた方がよいでしょう。

12

そのあと別の日に、あの女《ひと》の人生にまた新たな事件が起こりました。
あまりにもセンセーショナルで
何よりも信じがたい事件でした。
そうある日私の友達が
見覚えのない
若い男を
私たちに紹介したんです。
一番驚いたのは、あの女《ひと》がその男を自分の息子だと言い張ったことです。
あの女《ひと》によれば、この息子というのはだいぶ昔にかなり特殊な、とても人には言えないような状況で産んだ子だと言うんです。
最近その男があの女《ひと》に連絡を取ってきてあの女《ひと》の方もやりなおしたいと思っているという話で
……。
今日この瞬間からこの男を私の息子だと思ってほしい、なんていうんです。
みんな黙りこくっていて
みんなが何を考えているのかは想像がつきました。

映画できまりが悪いときみたいに咳払いをした人が何人もいました。

この出来事のせいで、残念ながら私の友達が軽率なうえに無責任で、とにかく後先を考えていないという評判がますます広まってしまいました。いきなりバーで新しい子ができたというんですから。

私の友達が本当に悪気があって、悪意があって嘘をついたということは一度もなかったと思います。

それにあの女《ひと》は一生に一度も、私にだって嘘をついたことはないと思っているでしょう。

あの息子については、刑務所帰りの男だ、という人もいました。

もちろん証拠はありませんでしたが。

いずれにしてもどんな人だってやりなおす権利を持っているんですから。

でも少なくとも明らかなのは、この男が、かなり若いにしても、どう見ても私の友達のおなかから生まれたにしては年を取りすぎているということでした。

13

それから少し経って、どちらかというと控えめな若い女性が、私の友達に話があると言ってきて、この辺で唯一のバーで会うことになりました。

私の友達はこの若い女性とは面識がありませんでした。

その若い女性はひどくおどおどとしていました。

その人は私の友達が置かれている状況を知っていると言いました。

私の友達に、自分のお金でできる範囲で経済的な援助をしたい、と提案してきました。
私の友達はすっかり動転してしまって。
すぐにはどう答えていいか分かりませんでした。
私の友達は、ちょっと時間をもらってもいいですか
考えたいんで、と言いました。
なんでこの若い女性が自分に援助をしたいのか、その理由が一番知りたかったんでしょうが
二人はそこで別れて、若い女性は、明日にでもまた会いましょう、と言いました。
帰り際に
私の友達が、似てる気がする、と言ってきました
あの女《ひと》のお決まりのセリフで
あの若い女性とあの女《ひと》のお母さんが「似てる」って
もうずいぶん前に亡くなっていたんですけど。

14

私の友達は
妹さんがお金を出して助けてくれるという希望を決して捨てませんでした、信じられないような
額なんですけど。

妹さんは私の友達の
無頓着ぶりというか、
特に年中お金を借りてばかりで返そうとしないことを責めていました。
だからあの女《ひと》のお願いには絶対に応じないことにしていました。
妹さんの姿勢は揺るぎませんでした。
そんな頃のある日
私の友達は死んでから初めてお母さんが現れるのを見ました。
バーのカウンターの向こうで。
手にたくさんの花を抱えていて
宙に浮いてるみたいでした。
お母さんはあの女《ひと》をじっと見つめて、精一杯支えてあげようとしていました。

15

よく考えると、あの女《ひと》といたときの思い出は本当に自分が経験したことなのかもうよく分かりません。

今となっては妙な思い出で。

今頭のなかにあることは本当に起きたことじゃなかったかも知れないという気もするんです。

自分が起きたと思っていることとは。

本当をいうと、信じられないような話だし
何もかも
それにすごく楽しかった。
だって
これは言っておきたいんですけど
これだけは言っておきたいんですけど
本当にすごく楽しかったんです。

16

私が住んでいたのはあの正面にある、もうちょっと条件の悪いアパートの一つで特にあの高層マンションと比べると、あの女《ひと》のマンションよりもずっと清潔さは落ちるところでした。
だからあの女《ひと》の家《うち》に行くには道を渡って
エレベーターで二一階まで行かなければいけませんでした。
たいていは私の方が出かけていくことになりましたがあの女《ひと》の方が家《うち》まで降りてくることもありました。

17

ある晩
私の友達がずっと
心の奥底で思ってたことというのを
打ち明けてくれました。
あの女《ひと》は私たちが生きているこの世界を本物ではない世界だと思ってました。
こっちの世界では私たちは生きてると思い込んでいるだけで、本当の人生じゃないっていうこと
に気づいてないっていうんです……。

そんな話を聞いたのは生まれて初めてでした。
あの女《ひと》にとっては死後の世界こそが本物の世界でした。
死ぬのは全然怖いことじゃない、っていうんです
だってその時
はじめて
私たちは本当の世界を生きるんだから、って……。

別の晩に
あの女《ひと》がはじめて死後の世界と、つまり本物の世界と交信する実験をしようと言ってきました。

真実に至る道は簡単ではないので
その過程でいろいろな困難に突き当たる可能性がある、とも言われました。
それに死後の世界が少しも怖ろしいというようなものではないにしても
頭では納得できないようなことも経験することになるでしょう、って。
ちょっとあなたの仕事と一緒で
あなたがいくつかの作業を
できるかぎり素早くやらなきゃいけないときに
体が受け付けなくなるときがあるでしょ、って……。

よく
その晩みたいに、
気味のわるい前兆現象があってそのあと、
テレビを
通じて
死んだ人が現れることがありました……。

それでその晩は
たまたま
私たちに合図してくれたのが死んだ人のなかでも特別な人で、私の友達のお父さんだったんです。

私の友達は大変な喜びようでした。
顔も見えて
私のテレビを通じて話しかけることもできました……。

それに
死んだ人たちが
私の友達のお父さんの場合みたいに
直接
私たちに
会いに来てくれるときもありました……。
すっかり死後の世界にいる私の友達のお父さんに
ここで
私たちがいる
この私の部屋で
会えるっていうのは本当に思いがけないことでした……。

私の友達のお父さんは何年か前にノルシロールで起きた事故で、定年の数ヶ月前でしたが、突然の爆発で亡くなりました。
あの不幸な事件は私たちにとってすごく衝撃的なものでした。

あの人はあんなに仕事が好きだったのに。
それでもあの人が一番生き生きとしていた場所で、つまり自分の勤め先で生涯を終えることができたというのが慰めでした。

でもその晩は私の友達の口からそのお父さんに対して
私にとってもっと衝撃的な
ことを
聞くことになりました。
私の友達がお父さんに
自分のノルシロールでの仕事とやらについて話していたんです。
会社の中での自分の地位、なんて話をして。
日々認められてきてる、なんて。
その時私の友達がお父さんに自分の実際の状況について本当のことを言っていないことに気づきました。
私の友達はお父さんに嘘をついてたんです。
ノルシロールに就職したって信じ込ませていたんです。
でもどうしてなんでしょう。
でもだとしたら私の友達にとって本物の世界と偽物の世界のちがいというのは何だったんでしょう。

今となっては私もこの時期のことをどう考えていいのかよく分かりません。

唯一今でもはっきりしてるのは、つまらないことですけど、私の友達のお父さんとその弟、つまり私の友達の叔父さんが似ていたという記憶で、それについてはずっと不思議に思っていましただって説明のしようがないんです。
この二人は血がつながってなかったんですから。
兄弟といっても血のつながった兄弟ではなかったんです。*

その晩私の友達は私のテレビのなかのお父さんとかなり遅くまで話し込んでいました。

18

翌日
私の友達に、家《うち》まで上がってくるように言われました
私に
買ったばかりのものを
見せて
自慢したかったんです。

そう新品で
立派なテレビでした。

なんでそんなお金を使ったんでしょう?
強制立ち退きの話まで出ていたのに。
それにあの女の子《ひと》どものベッドだってベッドといえるようなものじゃなかったのに。

そんなことを考えながら
ふと
振り返ったら
見えたんです
ええそう言ってみてもいいと思いますが
私の友達のお父さんが見えて
私の友達もお父さんを見ていたのが分かりました。
妹さんが家《いえ》に入ってきたとき私の友達は自分の勘違いに気づきました。

＊この記述は第7場の「異母兄弟(demi-frère)」という記述と矛盾するようだが、ポムラによれば、稽古場のバージョンではこの事情に関する詳細な説明があったものの、最終版ではカットしてしまったとのこと。ポムラ作品においてはこのように、作品のなかでは説明されない要素が含まれていることが多々ある。

ひどくがっかりしていました。

二人ともまた見た目にだまされてしまったわけです。

私の友達はこの叔父さんからかなりの額を借りていました。
この朝あの女《ひと》がテレビを買ったことを妹に自慢したのはあまりにも軽率でした
妹さんも意地悪な人ではなかったんですが。

往々にして
余計なことを言ってしまうときというのはありますけど。

それにしても私の友達はまともな神経を持っていなかったのかも知れません。

あの女《ひと》の叔父さんは二人だけの時にそんなことを言ってました。

こういう話を聞くのはとてもつらいことでした。


死んだ私の友達のお父さんと私の友達の叔父さんは本当によく似ていました。この話については、
この話だけだと言っておきますが、私の友達と完全に同意見でした。

あの女《ひと》は、こんなに似てる二人がなんでこんなに違うんだろう、と言っていました。

あんなに立派な人と、あんなにひどい奴と。

あの女《ひと》は泣いてました。

19

よく職場にいるときに
外であった出来事のことを
考えることがありました。
今の人生について私の友達と話したことを思い出したり
自分が生きてると思い込んでるけど本当じゃないっていう話とか
それから死後の世界の方が本物で、本物の人生なんだっていう話とか……。

たぶんいよいよ疲れが出たんだと思いますけど
それにあの背中の
痛みが
もうずっとつづくようになってました。
顔には出しませんでしたが
頭のてっぺんまで痛みがこみ上げてくることもあって
それを何日も
何ヶ月も耐えなければいけなかったんです
叫びたくなるくらいでした……。

もちろん自分をはげますために、
他の人たち、
仕事のない人たちのことを考えてみることはできました
私みたいに仕事を見つけられなかった人のことを……。
そのことを
思うと
がんばらなきゃと思いました……。

でも
つらくて
やっぱり
かなり
どうしても
つらい日があって……。

本物の人生でもそうじゃなくても。

20

痛みがあまりに強くなったので
仕事のあと家《うち》から出られないようになってきました。

一番困ったのは同時に自分の近くに誰かいないとやっていけなくなったことでした。

発作が起きると体全体が硬直して固くなることがあって、たとえばキッチンのタイルの上で動けなくなってしまいそうになることがありました。

幸いにもこういう発作は家《いえ》の中でしか起きませんでした。


私の友達はすごく助けになってくれました。

そうして幾晩も経ちました。


ところがある晩、私の友達が私のことを他の人に頼まざるを得なくなったことがあって、あの女《ひと》が自分の長男と呼びつづけてる男、相変わらず誰も信じなかったんですけど、その男が代わりに来ました。

ちょっと驚きました。

まだほとんど話したことがなかったので。その人もノルシロールで働いていたんですが、従業員は二万人近くいるんです。

その人の過去についてはかなりひどい噂が飛び交っていました、
刑務所帰りだとか、
それに、その罪状というのまでいう人もいて、殺人だとか、
それも複数の女性をとか……。
ただごとじゃない話になってて。
もちろん証拠はなかったんですが
私もあまりいい感じはしませんでした。

幾晩もその男が私のそばにいてくれるうちに
気づいたのは
その人が同じ職場で働いている大半の男よりも
繊細な人だということでした。

ある晩自分でもうまく説明がつかないことがはじまりました、
でもそのあと全てすっかり元通りの生活になりました。
かなりきつい発作が
何度か起きたので
その人がいてくれて助かりました。

でもこの日からあの大事件へと向かっていく下り坂がはじまったんだと思います
大きなつめあとを残したあの事件のせいで
私の友達と決定的に袂《たもと》を分かつことにもなりました。

はっきりいいますが政治にはほとんど興味がありません
でもある日ちょっとした選挙があって
ちょっとした知り合いの男が出馬して、私の友達の遠縁に当たる人だったから知ってたんですけど。
その人が言うところの目標というのを
自分が当選した暁《あかつき》にはという話ですけど
いろんな人の家に
話しに行っていました。

私たちも悪い気はしませんでした
政治家と知り合いになれるかも知れないというのははじめてだったので。

本当になかなかの人物で
相当の才能を見せつけられる機会が何度もありました。
場を盛り上げるのがすごくうまくて

本物の情熱を持った人でした。
そのおかげで、私にとっては、その人のパーティーはいつも楽しかったんです
うっとりするようなことも
盛り上がることもあって。

そんなパーティーの終わり頃に例の若い女性が
やたらとおどおどしているせいでこっちまでおどおどしてしまうあの女性が来て
私の友達ともう一度連絡が取りたいので協力してほしいと言ってきました。

どうしてあの若い女性は
そこまでしてあげたかったんでしょう?
どうして?
その女性は聞いてみてもどう答えていいか分からないようでした。
私たちはみんな、それにしてもちょっとおかしいと思ってました。

その数日後
また私の友達の息子だという男と二人きりでいたときに、
自分でもうまく説明のつかないことが、
もう一度起こったんです、

何でもないことではないんですが。

本当に
このときのことを何といえばいいのか分からなくて、
そもそも本当に起きたことなのかも確信がなかったので。
だからそのあと私の友達に話そうとしても
うまい言葉が
みつからなかったんです
話すべきだとは思ったんですけど。

このとき言葉が
出なかったことで
何かひどいことになるような気がしていました。

21

その翌日はノルシロールの従業員人生ではじめて
仕事に行けなかった日でした。
私の人生ではじめて出勤できなかった日でした。

動けなかったんです。
アパートの廊下で
何時間も身動きが取れなくて
そのときようやく私を見つけてくれたのもやっぱり私の友達でした。
鍵を鍵穴に入れて回そうとしたら背中が完全に硬直してしまって。
体が痛いことよりも何よりもとにかく悲しくなりました。
その朝は病院に搬送されることになりましたが
これから一生
役立たずになるんじゃないかという思いが
道々ずっとつきまといました。

でも
午後にはもっとひどい大惨事が起きました。

22

夕方私の友達とその妹はバーに行っていました。
爆発音が
したような

気がしました。

そのときは二人とも反応しなかったらしくて
あとで言ってたんですけど、二人とも夢かと思ったんだそうです。

爆発は本当に起きてて
ノルシロールでした。
かなり重要な作業場で
しかも
その朝
自分が行くはずだった作業場の隣なんですが
そこが
爆発して
理由はまだ分からないんですけど。
私の友達の長男は当然人が死ぬのを見ることになりました
それも何人も。

どういうことなんでしょう。

私の人生で初めて
こんな風に
仕事に行けなかった日に。

23

それは私が退院した
当日のことでした
病院にはまだ爆発で傷を負った人たちが何十人もいました。
すごく罪の意識を感じました。
この朝に限って、仕事に行けなかったのはどういう訳なんでしょう。

この大惨事があってから、私たちはみんな落ち込んでいて、
それに当然仕事にも行けなくなっていました。
私たちの集会にあの女性も
私の友達が妹に似てると言っていた人もいました。
働いてないのにすごくきれいなマンションに住んでいる女性です。
私は、もう一度言っておきますけど、似てるなんて思ったことは一度もありませんでした。

あの私の友達の親戚は選挙で当選したんですが
私たちに集会を呼びかけて
会社の状況に関して有力者から得た情報を伝えました。

私の友達の親戚もかなり動揺しているようでした。
なかなか言葉が出なくて
いつもはあんなに話がうまいのに。
その人の話では
先に起きた大事件のあとに
もっと重大な事件が起きるかも知れないって言うんです。
会社が再開するかどうか分からないって
そう
分からないって。

大きな影響力を持った人たちが
きっとあまり人の生活というものが分からない人たちなんでしょうけど
私たちの会社が危険なものになった、
なんて言い出してるんだそうです。

もっと意地の悪いことを言う人もいて
やっぱり会社を非難して
怪しいものを作っているとか
たとえば
強力な
殺傷力を持つ兵器の
材料だとか。

悪いけど、
本当にそんなことはないんです。

戦争とかそういうひどいことを
私たちが発明したわけではないし。
製品の使い方にまで責任を持たされても困りますよね。

私たちの製品はたしかに危険なところもあるんですけど。
たしかに人の命を奪うこともあるし、
ひどいことになる場合もあるけど、
私たちみたいにそれで生きてる人がいるっていうことを忘れちゃいけないと思うんです。

今回はそれで八〇人が亡くなりましたけど
二万人がそれで暮らしているんです。
私の友達の親戚はそう言ってました。

私たちにはショックでした。
自分たちの会社が完全に閉鎖されてしまうなんて想像もしてませんでした。
私の友達の親戚は
断固闘いますと言ってくれました。
そこに私たちみんなの力を合わせてほしいと言うんです。
生活を守るための闘いでした。
生活を守るためには
私たちの仕事を守らなければいけないんです。

私はそのとき、仕事がなくなるなんて考えられない
といって泣き出してしまいました。
私の友達の親戚が慰めてくれました。
みんな仕事が必要なんです

どんな人だって仕事がいる
息をするのに空気がいるのと一緒です、って。

仕事が奪われるのは、息ができなくなるようなものなんです、って。

生活時間の大部分を占めている仕事がなくなったら、時間など何の役に立つんでしょう、って言うんです。
だって仕事がなかったら時間があっても意味がないし、何の役にも立ちません。
仕事をやめてみるとそれがよく分かります。
憂鬱になって。
退屈して。
それで病気になる。
そうです。
仕事は権利であると同時に
必需品でもあります
どんな人にとっても。
私たちにとっての
商品みたいなものなんです
あらゆる人にとっての。

それによって生きているんですから。
私たちはものを売っている人たちと、
商人と一緒なんです。
仕事を売って、
時間を売っているんです。
自分が持ってるもののなかで一番貴重なものを。
自分の人生の時間を。

自分の人生。
自分の人生を売っている商人なんです。
それはすばらしいことです。
立派なこと、尊敬すべきことなんです
なによりも
そのおかげで
鏡に映った自分の顔を
自信を持って見られるんですから……。

みんなの顔に笑顔が戻ってきました。

あのどんな仕事をしているのか分からなかった女性が
その時
立ち上がって
私たちと一緒に闘いたいと言い出しました。
その人は、もちろんノルシロールで働いているわけではなかったんですが
それでもすごく連帯感を感じるんです、って。
自分も
仕事を持っている人間なので
だから
みなさんの問題を本当に身近に感じるんです、って言うんです。

みんながその人がいうところの仕事がなんなのか知りたがりました。


八年前から売春婦の仕事をしています、とその人は言いました。

お金の代わりに体の一部を一時的に売ってるんです、これは普通の仕事と全く同じだと思っています、って。

安心してください、魂を売ってるんじゃなくて、体のうちのほんの一部分を貸してるだけなんですから、と言って。

笑うんです。

普通の商売ですよ。
自分の一部を一時的にお給料と引き換えで貸すんですから。
もちろん一般の人よりも自分が罪深い人間だとか、セクシャルなことに執着しているとか、とは思っていません
ええ
本当に普通の仕事をしているまっとうな人間だと思っています
それ以上でもそれ以下でもありません。
この問題について話し合うことができて
包み隠すことなく日々の仕事をすることができるようになって、その女性は本当にほっとしたようでした。

誰かが言いました
どういうつもりなんだ。
どういう意味ですか、と女性は言いました。
この女は我々を挑発しているのか、そうじゃなかったらあの事件で亡くなった人たちをばかにしてるんだろう。

そんなのと一緒にされてたまるか。

私の友達の長男が
ようやく全員が感じていたことを
口に出しました
この女《おんな》がいるのは全く場違いだって。

なぜですか、と女性は言いました。

とにかくそうなんだ、と私の友達の自称長男が言いました。

女性は出て行きたがりませんでした。
なんで
他の人たちと同じように
この集会に
参加する
権利がないのか
分からなかったんです……。

幸いなことに
その女性はそれでも結局出て行きました。
というわけで集会はそれにしてもちょっと妙な雰囲気で幕を閉じました。

24

この信じられないような話を聞いた日から、私たちの会社が完全に閉鎖されるかも知れないという話ですが、
私たちは
みんな
すごく落ち込んでいました。

でも不思議なことに
一番
心配な状態になったのは
私の友達でした。

なんとかしてあの女《ひと》の話を聞き出してみると、
会社が閉鎖されるというのは考えただけでも耐えられない、というのです。
あの女《ひと》の苦しみようは大変なもので
まわりがいくら慰めても
無駄でした。

もちろん私たちの方ではみんなあの女《ひと》の反応は過剰だと思っていました、私の友達はそもそもノルシロールの社員でもないので。

この長い期間の間ずっと
私の友達は自分のまわりの現実を完全に忘れていました、しかもこの事件よりもずっと自分の身に迫っていた現実を。
マンションからの強制立ち退きが迫っていたんです。

ある日から、あのおどおどして見えた若い女性があの女《ひと》の家《うち》を
一層頻繁に訪れるようになりました。

いよいよ支えてあげたいと思うようになった、
なんとかしてやりたいと思った、という話でした。

でも私の友達が申し出を拒んでいました。
あの若い女性がどうしてそれほど自分を支えたいのか分からないから、というんです。
実際その人になんで私の友達を支えたいのか聞いてみたこともあるんですが。
どう言っていいのか分からない、って。
本当に
どう答えていいのか分からないみたいなんです。

私の友達のマンションは相変わらず空っぽだったので、
その若い女性はある日私の友達に家具を一つ提供することを申し出ました
その女性の両親の持ち物でした。

その若い女性はというわけでひどく苦労してその家具を私の友達の家《うち》まで運び上げました。
強制立ち退きの作業をより面倒にするためでした。

その夕方私の友達は、あの家具の上にお父さんがいるのを見た、
自分から呼んでもいないのに現れてくれたのは生まれて初めてだ、と言っていました。

そしてその夜
もっと特別な出来事が起きました。

お母さんが来て頭を撫《な》でてくれたのです。
数日後にはこの若い女性の家具の上の部分が設置されました。

その翌日に私の友達は
若い女性がくれた
その家具の上に
お母さんがいるのを見ました。

25

私は家《うち》で動けないままでした。
私と私の友達の間にはもう直接のやりとりはなくなっていました。
あの女《ひと》の自称長男を通じてときどき話を聞くだけでした。

その男には事件の前に変な感じになったことがあるのでもう来ないでくれと言ったんですけど。
でもどうしても人と話したいみたいで、

話すだけじゃなくて、
もちろん人の話も聞きたいみたいで。

正直にいえば、
今度も
自分でも
あんまりはっきりしないんですけど
でも
たぶん
何かが
本当に自分がしたような気はあまりしないんですけど
私たちの間で
何かが起きたのかも知れません
そのとき
そんな晩に。

26

そのあと

ちょっと体調がよくなったとき
私の友達に頼んで一緒に自分のアパートの物置に行きました。
少しでも外出させるためでした。
大事なものがなくなった、と言って。

私《わたし》用の物置に向かう廊下で
私の友達には両親が見えました
私にも見えたと思います。

私がはっきり言えるのは
そのあと
お母さんが私の友達に顔を寄せて耳もとで何か話してた気がするということです。
私の友達が私の方に笑顔で振り返ると、お母さんが私には何も言うなというようにあの女《ひと》の口の前で指を振りました。

私が聞かせてもらえなかったのはどんな話なんでしょうか？

27

私たちの状況の方は全く好転しませんでした。
数週間経って
私たちの会社を完全に閉鎖しようという圧力が
いよいよ強くなってきたようでした。

その日あの政治家が言いました、残念ながら
もし何もしなければ
何も
これまでしてきたこと以外に何もしなければ
もうほとんど決まりです
会社はもう二度と再開しないでしょう。
その人もほとんど泣き出しそうでした。
何かしなければいけないのです、というのです。

私たちはゴミ箱に捨てられようとしていました。
そんなことを
誰か
偉い人が決めたんです
誰だか知りませんけど。

私たちを陥《おとしい》れようとしている人たちの話に従えば
私たちは世界平和を脅かし
暴力と野蛮を広めることに荷担しているというんです。

その晩はみんなが立ち去って家に戻るまでにかなりの時間を要しました。
遅い時間になっても、だれも立ち去る決心がつきませんでした。
私の隣には私の友達がいて、
絶望して、
泣いていたんですが、
お母さんが慰めに来ていたように思います。

28

このつらい集会の翌日、
私の友達の小さい方の子
九歳になった息子が
二一階から転落しました。

たぶんちょっとしたはずみに
お母さんと住んでたマンションから
落ちてしまったんでしょう。
それで一番
信じられなかったのは
歩道に着地したあと何事もなかったかのように起き上がったことです。

風が
クッションになったのか
猫が落ちたような感じでした。

この転落を目撃したあの若いおどおどした女性が
実は小さな植え込みがクッションになって
あの子が助かったんですと話してくれました。

私の友達の方は
妙な様子で
本当に
変な反応でした。

みんなそれに気づいていて
ちょっといやな気分でした。

何とも言えない気配を感じて
この奇跡的な
結末に喜ぶよりも
みんな
妙にふさぎ込んでしまいました。

あの女《ひと》は自分の子どもが空中に身をのりだしているを見ていなかったのでしょうか。
本当に何も見なかったのでしょうか？

おどおどした若い女性が私の友達をなんとか弁護しようとしてました、私の友達の方は言葉が出なかったので。
若い女性はもうそっとしておいてあげてくださいと言いました。
そっとしておいてあげましょうよ、って。

そのとき私の友達が立ち上がって青ざめた顔で

静まりかえったなかで
話し出したことはできれば聞きたくなかったこと
決してあの女《ひと》の口から出てほしくなかったことでした。
あの女《ひと》はゆっくりと、自分があの子を押したんです、とだけいいました。
自分が
って。

あの女《ひと》は
あの子が無事だったことを
残念がってさえ
いました
私が
したかった
こと
とは
ちがったので
って。
それはあの女《ひと》がしたかったこととは

違ったっていうんです。
あの女《ひと》は自分の子をかわいがってました
本当に
なのにあの女《ひと》はあんなことをしたんです。
あの女《ひと》はやったんです。
自分の子を
空中に
二一階の高さから突き落としたんです……。

29

その晩はもちろんみんな帰る気にはなれませんでした。
私の友達を
子どもと
二人っきりにさせることは
もちろんできませんでした。
警察に連れて行くべきなのか。

とりあえず何をすべきかなかなか意見がまとまりませんでした。

自分がやったことを説明してくれないか、と誰かが聞いてみたんですが……。

あの女《ひと》にはできませんでした……。

ただそうしないといけないっていうことが分かったから、それだけです、って言うんです……。

理由もなしに母親が子を殺そうとするなんてありえない、と誰かが言いました……。

この子は死んでからの方がずっと幸せになれると思ったから、とあの女《ひと》はいいました。

私の友達が言いたかったことがちょっとでも分かるのはたぶん私だけだったでしょう。

あの女《ひと》は私たちの会社を閉鎖させないためにあんなことをしたんだと言いました。

そう言われたから
そうしたんです、って。

今私たちがいる世界は本当の世界じゃないっていうことはよく分かってるんですけど、とあの女《ひと》は言いました。
でも何もしないで諦めるっていうわけにもいかないんです、って。
ええ確かにそれなのに何かしようっていうのもちょっと変だと思うかも知れませんけど
でも今は
あまりにあまりの状況だから、って。

今度も、
私の友達が言うことをだいたい分かるのは当然私くらいでした
だいたいですけど。

でもどうして子どもを殺せば
会社が閉鎖を免れることになるんだ。

それが解決になるって分かったのはそう言われたからです、とあの女《ひと》は言いました。

誰に言われたんだ。

両親です……。
死んだ両親が近頃よく話しかけてきてくれるんです

特にお母さんです。
あの女《ひと》の妹さんはかなりショックを受けていました。

じゃあ何て
言われたんだ。

会社を閉鎖させないための
唯一の方法は
自分がやろうとしたことを
やることだと言われました。

妹さんは立ち上がって出て行きました。
どうしてあの女《ひと》の両親にそんなことが分かるんだ、と言った人もいました。
私の友達は、それは単純に両親が本物の世界にいるからです、と言いました
死んでるからです。

だから当然あの人たちが言ってるのは本当のことなんです。

だったら窓から自分の子どもを突き落とせって言われたら説明も聞かずにそうするっていうのか。
ええ、と私の友達は答えました
両親が言うことは本当のことに決まってるので。
それからどうやって死んだ人たちが姿を現したのかについても話しました。
そのときあの女《ひと》が私の方を見たので
私は顔が赤くなりました
あの女《ひと》が私にむかって目配せしたような気すらしました
それからあの女《ひと》は説明をつづけました。

私の友達は信じられないくらい確信を持っていました。
落ち着きはらっていて
冷静といってもいいくらいでした。

人生においてそれほど自分に確信を持っていられるのが
うらやましいくらいでした。

それから
長い沈黙があって。

一人また一人と
立ち上がりはじめました
きっと少しでも
足を伸ばしたりして
頭を軽くしたい
気分だったのでしょう。

もう何時間もそこにいたので。

警察に連れて行けという人がいましたが、
子どもを引き離す方が先だという人もいました。

私たちはみんなすごく疲れていて
すっかり混乱していました。

それに正直なところ、帰りたい気持ちもあって
家に帰りたくなってきていました。

私の友達の妹が子どもに自分と一緒に行くように最後の説得を試みましたが泣かれてしまいまし

た。
それに私の友達もそうはさせませんでした。
私の友達の自称長男が、自分が子どもを見てるから、と言いました。
心配しないでください、と
それでみんなちょっと安心したんだと思います。

それでも立ち去っていいのか
その夜子どもと一緒に過ごさせて大丈夫か見極めるためにもう一度だけ質問をすることにしました
あとは様子を見るにしても。

じっくり考えてから答えてほしい。
ノルシロールを閉鎖させないための解決法が
自分の子どもを死なせることだと
本気で思ってるのか
また同じことをするつもりなのか。
どうなんだ。

最後にこのことを聞いておくのは大事なことでした
少なくともその晩のうちにこの二つだけは。

今度はあの女《ひと》の方で
長い沈黙があって。

それから言いました。

いいえ心配しないでください
もうやりません
家に帰ってくださってけっこうです。

じゃあ今夜
私たちに話したことはみんな
正気の沙汰じゃないっていうことも認めるのか
筋の通らない
ばかげた話だということを
認めるか。

ええ。

認めるんだな。

認めます。

それでみんな
それなら家に帰っても
大丈夫だろうということになりました。

30

その夜は
職場に戻ってる夢を見ました
会社が再開してて。

仕事をしながらずっと
私の友達がしたことを、
あの女《ひと》がやったことを考えてしまってました

こちらは残念ながら夢ではなかったんですが。

訳が分からなくなってました。
私だって私の友達の両親に
挨拶したんじゃないか。
私もさっき私の友達が話していた本物の世界に自分の手で触れたことがあるんじゃないか。

その夜は夢のなかで、いつもよりもっと仕事に没頭していました、考えごとをしないように、そんなことを考えなくて済むように。

31

それからあの日、
あの我らが政治家が入ってきたときの顔で
何か起きたことが分かりました
これまでよりもっとひどいことが。

その人は言いました

おしまいです

みなさん、おしまいです

言えるのはそれだけです

残念です。

ノルシロール閉鎖の決定が下されて
もうそれが最終決定になったんです。

そこにいた私の友達が出て行くのが見えました
バーから
急ぎ足で
出て行ったんです。
それを見て何か気がつくべきでした。

32

三〇分ほど経って
通りから悲鳴が聞こえました
今度は私の友達の叔父さんがバーに入ってきて

簡潔に言いました。

あいつが子どもを殺した。

本当にやったんだ
今回は。

だから言っただろう。

33

すぐに警察が呼ばれました。

ショックを受けながらも
私たちの方でマンションに行って私の友達を連れてくることを

申し出ました。

まだ自分の部屋にいたんです。
ええけっこう大変でした。
一緒に来てくれるよう説得するのに
すごく時間がかかって。

34

すぐに国中
その話題で持ちきりになりました。
私の友達のことです。
自分の子どもを殺した女
企業が閉鎖されるという悲劇に直面して
何もできないことに悩んでいたという話で
ノルシロールという企業が閉鎖されると
何万人もの雇用が奪われるということで。
人々の記憶に残ったのはこんな話でした。

人々はショックを受けて。
同情しました。
私の友達のやった行為、
母親が自分の子どもを殺したということに。
でもそれによって
もう一つの悲劇にも目が行くようになりました
こんな行為のもとになった
ノルシロールの閉鎖にも。

国内では実をいうとこの日までこの地方以外で私たちの会社が閉鎖されるということに同情を寄せてくれる人はほとんどいなかったんですが、
これ以来
私の友達のいわゆる「絶望的な」行為のあとでは
多くの人が同情を
それもかなり深い同情を寄せてくれるようになっていました。

私の友達のマンションを撮影に来て
特に窓を

あの女《ひと》が子どもを突き落とした窓を撮って。

二一階の高さから
地面を見下ろして撮って。

下からも、歩道から見上げて撮って。

下から見上げた窓を撮って。

落ちてきた子どもが当たった車を撮って。

その落下の衝撃を、子どもの落下の跡《あと》のようなものを撮って。

私たちを撮って。

私たちが窓の方を眺めてるのを撮って。

私たちが自分たちのアパートからその窓の方を眺めてるのを撮って。

最後には私の友達が子どもを突き落とした窓のことを考えながら私たちが食事してるのを撮って。

そんなことになってから
世間話でも新聞でも
そんなに追い詰められた状況なら
あんな捨て身の行為に至ったのも分からないでもない、という話になってきました。

そこで国中
誰もが

私たちの会社を
閉鎖しようという話の発端がそもそも何だったのかということを考え直すようになりました。
国中がこの話で持ちきりになりました。
みんなどうしてこんなことになったのか正確なところを知りたいと言い出しました。
そうしてなんでこの会社が閉鎖されたのかだれも理解できないということになって
そして誰もが
絶対に納得できないと言うようになりました。

本当に大変な話題になりました。

その後数日間に渡って、
この地域の戦闘機が
訓練をはじめました。
私たちの頭上で
何時間も。

その日は私の友達のマンションから家具が運び出されるのを見に行った日でした。

マンションは差し押さえになってあの女《ひと》の巨額の借金を返済するために競売にかけられたのでした。

35

そんなこんなが
ちょうど一〇日間つづきました。
人がちょうど一〇日間暮らしているあいだに
私たちの会社を閉鎖するという決定がすっかり見直されることになったのです。

私の友達の事件から一〇日後
空軍出動の話が出る少し前に
あの事件が呼び起こした同情の声が
あの巨大な同情の声が
いろいろな立場の権力者に再考を促して
当初の決定が再検討されることになったとのことでした。

そしてもう少ししたら
それもおそらくはかなり早いうちに

ノルシロール社が
営業を再開する
という報《しら》せをうけました。
この時になって私の友達のあれほどショックだった行為が
子どもを殺害するというあの忌まわしい行為が実を結んだんだ、と思いはじめてきました。
たしかにそれによって、あの女《ひと》が信じられないほど確信を持って言い張ったように、危機が回避され、私たちの雇用が守られたんです。
喜ばずにはいられません。
この日同時に、ちょうど偶然、
もう一つの事件のニュースが入ってきました。
テレビの声：「そして本日未明、午前四時三八分、空軍保有のミラージュ十九機がヴェルボン＝シュル＝コーヌの基地を離陸……。四時四九分には目標上空に到達、四時五一分に爆撃を開始し、目標の破壊が確認されました……。現地では現時点での被害者数を集計中……」

36

そうして時間が経ったのに気づかないくらい
あっという間に

また集会があり
みんなが
そろって、
翌日に迫った
ノルシロールの
再開を
祝うことになりました。

そのために闘いつづけた
あの政治家も
そこに
来ていました。

とても楽しいパーティーでしたが
でも
同時に
妙な雰囲気でもありました。
みんなが私の友達のことを考えていました。

ずっと自称長男と呼ばれつづけていた男は
ノルシロールには戻らない、と言いました。
軍に志願する、というのです。

37

その翌日は
ちょっとした記念日のようでした。
会社に足を踏み入れたとき
本当に泣きたくなりました。

働いていたときの感じがよみがえってきました。
ちょっと
家に帰ってきたような気分でした。

全てが元通りになっていました。
あの大事件が跡形もなくなってました。
何も起こらなかったみたいに。
みんな元に戻ったんです。

でも再び仕事に取りかかったとき
自分のなかに
何か妙な感覚があるのに気づきました。

自分のなかで歯車がかみあわなくて。
元気が出なくて。
力が入らないんです。

全然体が利かなくて
座り込んでしまいました。

本当にしんどくて。
自分に何が起きてるのか分かりませんでした。

救護室に行かなければいけなくなって。
いくつも検査を受けさせられました。

何日もかかって

子どもができていたことが分かりました、
もう数ヶ月になっていました。

私に？
子どもが？

どうしてそんなことになったのか分かりません。
何が起きたんでしょう。

そんなことになるなんて私が何をしたんでしょう。

ひどい災難でした。

一番ひどかったのはもちろん
本当に分からなかったことです
よく分からなかったんです
本当に
したのか

女性が
そうなるために
するような
ことを。

ええ。
今でも
分からないんです
まだ
それが
はっきりとは
こんなことありえないですよね
ふつうは。

38

私の友達は
施設に
入れられました

私たちが住んでるところからとても遠いところです。

ある日
誰かが言い出しました
やっぱり
みんなであの女《ひと》のところに
お見舞いに行った方が
いいんじゃないかって。

そこに着く前に廊下で
ばったり会ったんです
何ヶ月もずっと
自称長男とか
いわゆる息子とか呼ばれつづけてた男に
お別れを言いに来たところでした
出征するという話で。

思ったより楽しいお見舞いになりました
私の友達は

私たちに会えてうれしそうで。

私の体のことはもちろんあの女《ひと》には話しませんでした。

帰り際《ぎわ》にあの女《ひと》が言ってきました
自分がしたことに
満足してる、
自分の主張を聞いてもらえてうれしい、って。
たくさんの手紙をもらったそうです
はげましの手紙とか
なかにはお礼の手紙まで。

でも人に認めてもらえなくたって構わない
気分は悪くないから、とのことでした。

私たちが帰ってから
あのおどおどした若い女性は
私たちと一緒に来てたんですけど
あの女《ひと》のところに少し残っていきました。

二人が何を話していたのかは分かりません
若い女性が
あの女《ひと》に何を言いたかったのか、
何を伝えようとしてたのか、
私の友達に何を言いたかったのか。

39

でも何日か経ってから
その若い女性は
私の友達のお見舞いから帰ってから
ひどく落ち込んでて
自ら命を絶とうとしました。

成功しなくてよかったんですけど。

その翌日にはたぶん
その落ち込みのせいだと思いますけど

交番に出頭して
このあたりで起きてた女性連続殺人事件の犯人は私ですと言いました
ちょっと前から
大変な騒ぎになってた事件でした。

なぜか
みんなそれを信じました。

私にはその女性は全然犯罪者には見えなかったんですけど。

40

こうして私は
今は普通の暮らしを取り戻して
働いてます。

幸せです。
背中の痛みはすっかりおさまりました。
よく私の友達のことを考えます。

あの女《ひと》は私に手紙をくれます。

私はある女性と友達になりました
人と人とが似てるという話をでっちあげるのが好きだった
私の友達が
自分と似てると言ってた人です。
この女性は私と同じ作業場に来て仕事をするようになって
持ち場も私ととても近いところになりました
それにすごく話が合うんです
どんなことでも。

こんなに強く結ばれたのは仕事のおかげなんでしょうか。
私には分かりません……。

うちの子は

訳―石井　惠

場面1

若い女と若い男。女は妊娠している（八ヶ月ぐらい）……。

妊娠している女　やっと、鏡に映った自分の姿を見られる／毎朝起きようという気になれる／やっと一生懸命生きなきゃいけないという気になれる／この子が私に元気をくれる／みんなに私の本当の姿をみせつけてやる／私はみんなが思っているような人間じゃないって／父さんや母さんが思っているような娘《こ》じゃないって／私を信じてくれなかった母さんは間違ってたって／この子は私の子であることを誇りに思うの／この子は幸せになる／ふつうの子より幸せな子に／足りないものはなにもない／ほしいものをママにおねだりする必要もない／そんなことする必要なんかないのよ、ほしいものはみんな持っているから／夢みるものはなんでも手に入れられる／私はこの子をぜったいに悲しませないから／この子のママは「いくらするか知ってるの！？」なんてしょっちゅう聞かない／この子は甘やかされる／ほかの子が焼きもちをやくぐらい／私はこの子をぜったいに叩かない／この子にぜったい手をあげない／いけないことをしたら、どうしたらいいかやさしく説明してあげる／がまんする／この子のために私は変わる／今までみたいにすぐ切れない／子どもができるまで、ふつうの人以上になろうなんて思ってもみなかった／ちゃんとした仕事を見つけてちゃんとしたお給料をもらって完璧な母親になる／仕事探しが大変でも、朝きちんと起きて、面接を受けに行く／あきらめない／もう下を向かない／その反対、まっすぐ前を向く、私の望む仕事にありつくまで／もう途中でやめない／なげやりになったらいけない理由があるんだから／この子のために、みんなに驚かれるような人になる／この子が生まれたら、ちゃんとする／見た目にも気をつかう／もうだらしなくしない／きれいになる／この子が恥ずかしくないように／母親のことが恥ずかしくないように／その反対、男の子だったらママに恋するぐらいに／学校で友達に羨ましがられるぐらいに／きれいで女らしくて母親らしいママになる／子どもに哀れに思われるような母親にはならない／ささいなことでもう泣かない／もう不幸はやめる／ふさぎこんで／つけっぱなしのテレビの前で一日中椅子に座ってふさぎこんでシケモクふかしてるような母親にはならない／ちゃんとしたアパートを見つけて、誰にも文句を言われないくらい片づいたら、母さんを夕食に招待する／母さんがどれだけ私のことを考え違いしていたかわからせてやる／父さんにも来てもらおう、どうでもいいと思っているのはわかっているけれど／それでも呼ぶの、父さんがいるともっともらしさが増すから／母さんは私の本当の姿に気づくはず／私がちゃんとした人になれるって認めざるを得ないはず／認めないなんて言わせない／そしてたまらない気持ちになるはず／私がきちんとやっているのを見たらたまらないはず／この子のために私がやっていることを見たら／私が母さんよりもきちんと子どもの世話をできるのを見たらたまらないはず／私たち兄弟は不幸だったのにこの子が幸せなのを見たらたまらないはず／私が幸せになって成功して勝ち組になってもう母さんなんか必要なくなったのを見たらたまらないはず／母さんがたまらない気持ちになるそうしたら私は本当に幸せ／幸せ／本当に幸せ／私は本当に幸せになってこの子も幸せになる／この子は幸せになる／幸せにならなければいけない／幸せにならないと。

場面2

父親と五歳の娘。

父親　また大きくなったな……この前会ってから。

（娘は黙っている）

父親　大きくなっていない？

娘　わからない。

父親　いや、もう立派な女の子だ。
娘　自分が大きくなるのは見えないもの。
父親　ああ、でも僕には見える。
娘　あなたも大きくなりましたか？

（父親は黙っている）

父親　誰に話してるの？（娘は黙っている）誰に向かって話してるのかな？
娘　誰って……誰に話しているかわかるでしょう。ここに誰かほかにいますか？　ほかには誰もいません！
父親　よそよそしいしゃべり方だな？
娘　そんなことはありません！
父親　僕はお前の父親だよ、なのにそんなふうに丁寧にしゃべる。
娘　よそよそしくなんてしてないってば！
父親　いや、してる……どうして？
娘　わからない……ただあなたも大きくなりましたかって聞いただけ。
父親　誰かにそうしなさいって言われたのかい？
娘　ううん。
父親　前はそんな他人行儀じゃなかった……パパがよそよそしくしてもいいのかい？

娘　べつに。
父親　驚いたな、自分のお父さんとそんな風に話すもんじゃない。（娘は黙っている）パパのことが好きじゃないってこと、だから知らない人みたいに話すのかい？
娘　わからない。
父親　パパにもう会いたくないの？
娘　わからない。
父親　わからない？
娘　うん。
父親　でも、子どもにはみんなお父さんが必要なんだよ？　みんなそうなんだ、もう会えなくなったら寂しくないのかい？
娘　うん。
父親　うん？　ってどうして？
娘　わからない。
父親　パパに会えなくても寂しくないのかい？
娘　うん、と思う……。
父親　じゃあ、会いたくないのならもう会うのをよそう、そんな必要ないんだから……。
娘　いいよ……。
父親　いいのかい？！　本当にいいんだね？
娘　どっちでもいい。

父親　いいのならもう会うのをよそう……今日で会うのは最後だ……もう会いたくないんだから。
娘　いいよ。
父親　悲しくないの？
娘　うん、だってまだママがいるから……一緒のおうちに住んでいるし。
父親　ママだけでいいんだね？
娘　そう。
父親　もう二度と会わないとしたら……今日が最後だってことなんだよ。
娘　うん。
父親　寂しくないのかい？
娘　うん。

（沈黙）

父親　そう……じゃあ送っていこうか？
娘　オーケー。
父親　今すぐ？　いいんだね？
娘　よろしく。
父親　じゃあ上着を着るね。

娘　私も。
父親　そうか……ちょっとは悲しくない？
娘　うん。
父親　もう会わないんだよ。
娘　うん、わかってる。
父親　それだけ？
娘　わからない……でも平気。
父親　パパは悲しいな……娘が父親を嫌いになる日がくるなんで考えもしなかった……。

（沈黙）

父親　じゃあ行こうか？
娘　うん、それ三回目。
父親　確かめてるんだ。
娘　なにを？
父親　わからない。（ふたりは動かない）パパが悲しいのがわからない？
娘　うん。わからない。悲しいのもいやだし泣くのもいや。

（沈黙）

父親　こんな早くに帰ったらママびっくりするんじゃないかな。
娘　そんなことない、ママは喜ぶとっても喜ぶと思う、私が家にいないのが好きじゃないから……。

場面3

アパート。見るからに衰弱している四十から五十歳ぐらいの男。十五歳ぐらいの息子。三十歳ぐらいの女。

父親　働かなくなってから、以前のようには自分が父親だと感じられなくなりまして。
女　今働いていないのはあなたのせいではありませんよ、クラフィさん。そんな風に自分を責めてはいけません。なんにもなりません。
父親　無理です……自分で稼がない男は、我が家では男じゃない。
女　でも病気なんですから！
息子　仕事のせいでくたばった。
女　(息子に向かって) 私が見る限りあなたのお父さんはまだ死んでいない。お父さんのことをそんな風に言うもんじゃないわ。
息子　事実じゃないか。十五のときから穴のなかで働きづめ。そのせいで死にそうになってる。

女　あのひどい仕事のせいでくたばる寸前。おまけに止めなかったら、仕事に戻ろうとしてたんだ、莫迦みたい。ありえないよ。

父親　お父さんに向かってそんな風に話すものではありません。

女　普段からこんなしゃべり方なので。

父親　クラフィさん、おかしいですよ。息子さんは法律的にはまだ子どもなんですから、あなたを敬うべきです。

女　お言葉ですが、法律は私を敬ってくれやしない……私は仕事に復帰させてもらえないんだから……仕事を奪われた、法律ってやつにね……もう二年もなにもしていない、アパートのなかをうろうろしているだけ……夜になると少し疲れを感じるけれど気分はいい……どうして仕事に戻らせてくれないんですか……一日数時間でもだめだって……法律が私の言うことを聞いてくれてるとは思えませんよ。

父親　仕事に戻りたいんですか？　また下に降りる？　この状態で、こんなにたくさん薬を飲んでいるのに？

息子　せめて数時間ぐらい。

女　人間がどこまで莫迦になれるかわかったでしょう！

父親　お父さんのことをそんな風に言うもんじゃないって言ったはずよ。

息子　好きなことを言っただけ、あんたには関係ない。

父親　人間がこんな風に見捨てられて、ひとりきりでくすぶった生活をしていると、内側からおかしくなってくる、想像できないと思うがね。内側でなにがおこるか。本当に悪夢なんだ。目覚めたままの悪夢。ひどいなんてものじゃない、人間以下になっていくのを感じるんだから。

女　お医者様たちはあなたにはもう仕事は無理だと診断しています……健康のためです、クラフィさん。あなたに罰をあたえるためではないんです……。

父親　ええ、でもそれが辛いんです……。病気なんてどうでもいい……私はどうなっても構わない……本当にどうでも……怖くない……耐えられないのは、家にいて老け込んでいくこと……誰かのやどり木みたいに生きていると感じることなのです。

女　気分がいいとおっしゃるなら、どうして外へ出かけないんですか？　どうしてお友達に会ったりなさらないんですか？

（間）

息子　恥ずかしいんだ……働いている友達に病気だって莫迦にされるのが怖いのさ。

父親　そうじゃない……別に出かけたいと思わないだけだ。

息子　違うだろ！　莫迦なこと言うのもいい加減にしろよ！

女　父親に向かってこんな態度をとるなんてありえない……本当に……お父さんを尊敬しなさい……。クラフィさん、息子さんにこんな風に言わせておいてはだめです……なんてこと。

父親　こいつにはこいつの考えがある……言っておくがそれは私が教えたことじゃない……こ

息子　いつの考えていることや外でやっている莫迦なことは、私が教えたこととは関係がない。私が普段言い聞かせていることとは全く関係がない。俺に自分と同じように働かせたいんだ。自分みたいに下で働かせたいんだ。同じ穴のなかでヘトヘトになるまで働いて同じ病気になって同じように四十でくたばる。俺にそうなってほしいのさ。自分と同じような人生を歩むそれが親父の夢なんだ……でも見ろよ……この人と同じように……生きたいって思いますか……まじで⁉

父親　少なくとも朝起きて鏡に映った自分の姿をちゃんと見られる。

息子　ああ、でもあんたに見えるのは死人の姿だ。

父親　こいつは十五で頭が腐ってる。

息子　腐ってるのは親父の方だ……俺の面倒なんて見たことがなかった……今さらこれをしていいとか悪いとか説教するつもりじゃないだろうね。

父親　息子にとっても私はゴミなんだ……それもこれも一日中椅子に座ってる父親をみているせいだ……ぼうっとして……男らしく生きるかわりに。

女　だからってクラフィさん、息子さんに家の外で好き勝手させておいていいってことはありません。あえて言わせてもらいます。

父親　家のなかでも好き勝手やってます。

女　もっと息子さんの面倒をみないと、クラフィさん、今現在受け取っている手当をもらえなくなる可能性だってあるんですよ。息子さんを外で好き勝手させておくわけにはいきません。

父親　仕事に戻らせてください。手当はいりません。仕事に戻りたいんだ。
息子　本当の莫迦だね。
女　お黙りなさい。
父親　私にもう少し器量があったら、息子のような若者たちを力ずくでも働かせるんですがね。仕事をさせる。職を身につけるとはどういうことかをわからせるために、下へ行かせる、学校じゃなんにもしたくないんだから。
息子　誰かが本気にする前に、早くくたばっちまえ。
父親　こんなこと私の父親に言おうものなら、とっくに殺されてるよ。
息子　でも、あんたは男じゃない。俺のことが怖いんだ、男じゃないから。あんたの人生はゴミだから、一日中椅子に座って六歳の子どもみたいにビービー泣いてるから……俺はあんたを選んでないし。こんな父親を選んだおぼえはない。
父親　私だっておまえを選んでない。こんな息子を選んだおぼえはない。
女　（途方にくれて）べつなところから話してみましょうか。少しは先に進めるかもしれませんから。
父親　息子は夜帰ってくると時々私を殴る息子が私を殴るんです、こんな風に父親に対する尊敬をなくすなんてありえますか？　どうやったら？　教えてください。たまらなく辛いんです。

場面4

五十歳ぐらいの女とその娘（年齢不詳）。

母親　自分の娘にはパッと輝いて、太陽のように明るく輝いてほしいと思っていた。そのためならどんなことでもしたつもり、あなたが美的センスを磨いて、活発になって、明るい光りを好むように。
娘　私の性格じゃないし。
母親　どうして？
娘　そんなのわからない、ママ。
母親　努力してない。
娘　私はこのままでいいの。
母親　ほかの人はどうなるの？
娘　なにが言いたいの？
母親　子どもたちがあなたみたいなのが母親だと思って大きくなったら可哀想だと思わないの？（娘は黙っている）あなたのことを思っているのよ……ある日ガラガラと全て崩れ落ちるのが怖いの……（娘は黙っている）子どもたちがいつかあなたを責めることになるってあなたは気づいていないのよ。

娘　わからない。

母親　そうわかってないみたいね。

娘　子どもたちは元気だし……。

母親　そりゃ子どもだから……でもそろそろあなたがお手本にならないと。

娘　精一杯やってる。

母親　でも、あなたは自分がどんなに暗いかわかっていない、あなたの人生がどんなに暗いか。子どもがこんな惨めな状態で暮らしていいわけがない。

娘　私はいつも暗いわけじゃない。

母親　あなたはパッとしない。こんなあなたを見るのが辛いのよ。毎日考えてる、どうしてこんなに暗くなっちゃったのか、こんなにやる気がないのか……。きれいにして明るくなって、ほかの人のためだと思って……。私の言うことをきいてちょうだい！

娘　わからない……。なにを言われているのかわからない。

母親　あなたのことを見る他人の視線が辛いのよ。

娘　興味ないし。

母親　あなたと一緒にいると、どっちが母親で娘かわからないって言われることがある。そりゃ言い過ぎよ、でもひどい。そう思わない？

娘　興味ないし。

母親　お世辞かもしれない、でもそうじゃない。

娘　私はこうだから。

母親　わかっていないようね。
娘　うん。
母親　人には明るさが必要なの。
娘　うん。
母親　あなたの夫だっていつまでも明かりなしで過ごせない。そのうち目が覚める、突然。
娘　なにが言いたいの？
母親　現実から目を逸らしたらだめ、大切なことなの。
娘　わからない。
母親　わからない、そうみたいね。
娘　なにが言いたいわけ？
母親　自分の夫が周りをどんな目で見ているか見てごらん、そうすればわかるわよ。
娘　？
母親　あなたのためだから。
娘　わかってるママ、でもわからない。
母親　あの人が自分の周りをどんな目で見ているかわかる、とにかく私はいや、とってもいや、それがあなたの夫だから、そして私の息子でもあるから。
娘　どんな風に見てるって言うの？
母親　もっとはっきりと言ってほしいの？
娘　わからないから……。

母親　可哀想に、怖ろしいほど当たり前のことなのに、残念ながら、ごくごく当たり前のことなの。

娘　彼は私を愛している。

母親　私がこんなに辛い思いをしているのに、少しもわかってくれないのね、どんなに悲しいか。

娘　本当にわからない。

母親　あなたにはこれからとても辛いことが待ち受けているのよ……私はあなたのためにどんなことでもしたつもり、本当に。だから私のせいじゃない。あなたが明るい光りを好むように、太陽のように明るく輝くように。そのためならどんなことでもしたつもり、あなたが美的センスを磨いて、輝いて、目立って、活発になって、とりわけ明るい光りを好むように。

娘　ごめんなさいママ、でも私はいつも精一杯、精一杯やってる。

場面5

建物のなか。アパートの階段の踊り場。五十歳ぐらいの夫婦（優しそうな感じ）と若い女、生まれて数週間の子どもを腕に抱いている。

子どもを抱いた若い女　お子さんはいないんですか？
女　ええ。
子どもを抱いた若い女　階段ですれ違うとき、いつもそんな風にこの子を見る、本当に子どもがお好きなんですね。
女　ええ、子どもは大好きよ。
子どもを抱いた若い女　階段ですれ違うだけで、知り合いじゃありませんよね。
女　そうね。
子どもを抱いた若い女　子どもをつくらなかったんですか？
女　ええ。
子どもを抱いた若い女　子どもが好きなのに……。
女　ええ、とても。
子どもを抱いた若い女　でも子どもをつくらなかった？
女　ええ。
子どもを抱いた若い女　寂しくないですか？
女　いえ、大丈夫。
子どもを抱いた若い女　子どもができなかったとか⁉
男　そうだよ。
子どもを抱いた若い女　寂しくないですか？
男　そうだね少し、でも大丈夫。

子どもを抱いた若い女　いつも階段ですれ違うときに、赤ちゃんをやさしそうに見てる……。
女　この子なんてかわいいんでしょう。
子どもを抱いた若い女　ほとんど毎日すれ違うのに、知り合いじゃない。
男　そうだね。
子どもを抱いた若い女　もらおうと考えたことはないんですか？
女　どういうこと？
子どもを抱いた若い女　子ども、とか、赤ちゃんとか‼⁇
女　やってみたわ。
子どもを抱いた若い女　やってみた？
男　そうです。
子どもを抱いた若い女　うまくいかなかったんですね。
男　そう、でもね……毎日そのことを考えているわけじゃないから。
子どもを抱いた若い女　階段ですれ違うときいつもそんな風に赤ちゃんを見る。
男　ああそう？
女　この人に言ったんですよ。こんな風によそさまの赤ちゃんを見るもんじゃありません。
この方に失礼だわ、ご迷惑よ。
子どもを抱いた若い女　迷惑だなんてそんな、嬉しいくらいです。
女　それならいいけれど。
子どもを抱いた若い女　（子どもを抱いたまま夫婦の方へ近寄る）どうぞ。

男　え？

子どもを抱いた若い女　どうぞ、よかったらどうぞ！

（男の腕のなかへ、子どもを押しつける）

男　それじゃあ少しだけ。

（男と女は赤ん坊をじっと見つめる、とても感動している様子）

女　なんて小さいんでしょう！

男　歳のわりには小さいな。

女　（優しく、夫に）ちょっと変じゃない、その言い方。

男　生まれたばかりの赤ん坊を抱いたことなんてないって言いたかったんだよ。

女　ええ。

子どもを抱いた若い女　あげます。

男と女　？……。え？

子どもを抱いた若い女　あげます、もうおふたりの子です。

男　って？

子どもを抱いた若い女　あげます、よく考えたんです。

女　なにを言ってるの？
子どもを抱いた若い女　あげます、おふたりの子です。
男　どうしてそんなこと言うんだい？
子どもを抱いた若い女　それでいいんです本当に大丈夫……。そうしたいんです……。この建物で数ヶ月前からおふたりを見かけてて……。毎日すれ違ってるけど、ふたりともとてもいい感じでお似合いで……。誰にでも感じがよくて、誰にでも親切だし、とてもていねいでよく気がついて、気遣いも……子どもに対してでももちろんそれだけじゃなく……誰にでも、そう思ってたんです。
男　そんなだめですよ。
子どもを抱いた若い女　ご心配なく、簡単なことですから。
女　まじめに言ってるんじゃないでしょう!?
子どもを抱いた若い女　大まじめです……。この子をあげるって言ってるんです……。私は大丈夫……心配しないでください……。この子を愛してる……とっても愛してる、だからこの子には幸せになってもらいたい……だからおふたりにあげるんです……。私若いし、いつかまたべつの子たちをつくれるから……でもとりあえずこの子は差し上げます。
男　そんなありえない。
子どもを抱いた若い女　ありえるから私は大まじめに言ってる……よく考えたし。
男　でもいただくわけにはいかないよ。
子どもを抱いた若い女　どうして？　いいでしょ！　あげます、おふたりの子です……。おたくでこの子が不幸せになるって言うんですか？　おふたりには愛情がたっぷりある、私にはわかる……。愛情を持ち合わせているって感じるんです……。私だって誰でもいいからこの子を渡してしまおうとしてるんじゃない……初めにあった人の手に……。まさか……それなら死んだ方が……でもそうじゃない……。この子は幸せになるの……とってもとっても幸せに……。（沈黙）子どもがほしくないんですか？　夢にまで見たでしょう？　子どものいないおふたりの人生は失敗じゃないんですか？　これ以上素晴らしいことがありますか？

女　でも無理……。こんなのだめよ……こんな風には……。

子どもを抱いた若い女　じゃあどうならいいの？

男　きみは？

子どもを抱いた若い女　私？

男　そう。

子どもを抱いた若い女　私とじゃこの子は幸せになれない……完璧な幸せは無理、私にはわかる。

男　そんなこと言ったらだめだよ。

子どもを抱いた若い女　私のことを知らないから……。私の頭のなかがどうなってるか知らないから……頭のなかがずっしり重たい……私はまだちゃんと生活できていない……ぜんぜん……自分だけでも……。それなのに⁉　まだ朝起きられない……夜眠れない……買い物がしたくてもスーパーに入れない……お金がないのに手当をもらうための書類をつくれない……。鏡に映った自分の姿を見ても、本当には母親だと思えない……それなのに⁉　おふたりを見てると親だって思える。自分の姿を見ても、母親じゃないってわかる……この子を愛してます、とっても。本当に幸せになってほしい、愛情を受けて育ってほしい。この子を愛していないなんて思わないでとっても愛してる愛してますでも母親としてじゃない、違うって感じるんです母親が子どもを愛するのとは違う感じだって、愛してるけど違う種類の愛情……だからこの子から離れて生きようって考えたこの子の幸せのために……そうでしょう？（沈黙）おふたりとなら幸せになれる……。それが一番大切なこと……そうでしょう？　だからあげます……どうぞ……おいていきます……それじゃあ……この子の荷物をとってきます……。すぐに戻ってきますから後はお任せします、お任せしますから……それじゃあ……。

（出ていく。夫婦は茫然として、その場にとどまっている、子どもを腕に抱いたまま）

場面6

アパート。女（三十五歳）がソファに座っている。
隅でテレビがついている。

子　ママ、呼んだ？

母親　ええ。
子　なんか用？
母親　べつに。ちょっと顔を見たかったの。部屋にずっといるんだもの。
子　ママ、僕は急いでるんだよ。今日も遅刻したくないから。
母親　遅れたってだれもなにも言わないでしょう。
子　うん。でもいやなんだ。遅れるのが。心配なんだ。
母親　遅刻するのは途中でふらふらしているからでしょう。
子　違うよ。僕が遅れるのは、出がけにいつもママが話しかけるからだ。
母親　（ゆっくりと）なんて生意気になったの……私に向かって！
子　ママごめんなさい、でも本当のことだから。本当のことを言ってるんだ。生意気じゃないよ。ママにはね。
母親　（ゆっくりと）いつの間にそんなに生意気になったの？　なにがあったの？　なにもないのに？　こんな風になるなんて……母親に対して……。まだ十歳なのに……。
子　ごめんなさい、ママを困らせようとしたんじゃない……。僕にとって大切なことを聞いてほしかっただけなんだ。学校に遅刻したくないんだよ……。本当にいやなんだよ……。
母親　コートを脱ぎなさい。さっきから言ってるでしょう……なかへ入って。
子　ママ、僕もう行かなきゃ。
母親　学校まで三分あれば着くでしょう。なに言ってるの！
子　少し早めに着いていたいんだ。その方が安心だって言ったでしょ。

母親　ほかの子はそんなことしてないでしょう。どうしてあなただけそうするの？
子　わからないよ、ママ。
母親　私のせい？　そう言いたいのね……。
子　違うよ、ママのせいじゃない。ママは頑張ってる。僕はわかってる。
母親　そう私は本当に精一杯やってる……わかってくれているわよね……ちゃんと見てくれている。
子　うん、ちゃんと見てるよ。
母親　努力して精一杯やってる。ママが今とても辛くて大変なのはよく知ってるわよね。ならもう少しやさしくしてくれてもいいんじゃない。
子　僕だって頑張ってるよ、ママ。
母親　そうね、わかってる、ごめんなさい。
子　いいんだ、僕の方こそごめんなさい。ママが大変なのはわかってるのに。
母親　私はいい母親じゃないわね、自分の問題をあなたに押しつけるべきじゃない……。私だけで背負わなきゃ……自分の方が抱えなきゃいけないのに。それがいい母親ってもの。
子　違うよ、ママ、前にも言ったでしょ、心のなかに抱え込んでほしくないんだ……。だめだよ……その逆だよ、僕にも話してね……で一緒に問題を解決するんだ。
母親　だめ私の問題を解決するのはあなたじゃない。
子　言ったはずだよ、この話はもうやめ……僕は三つの子どもじゃないんだ、もう十歳だよ、

母親　一人前の男だ、ママの問題だってよくわかるんだから……困難を乗り越えるためにママの力になれるんだから。
あなたみたいな子どもがいるなんて私はなんて幸せなの……あなたみたいな男の子がいるなんて私はなんて幸せなのかしら。

子　そうだよ、ママ、だから安心して……もう怖がらないで、ママが不安になると僕は心配になってイライラしちゃって……学校で友達のことが耐えられなくなることがあるんだ……ちょっとつっかかってこられるとすぐかっとなっちゃう……殴りたくなる……まあ殴っちゃうんだけど……いつも我慢できるわけじゃないんだ。

母親　喧嘩はだめ。

子　うん。わかってる。

母親　あなたが暴力をふるうなんてママは悲しい。

子　うん、ごめんなさい、ママ。

母親　こっちに来て、私の側に、お願い、コートを脱いで、さあ。

子　行かないと……もう時間がないから……今出ないと遅れちゃう。

母親　遅れる遅れるって……あなたは学校で一番、クラスの誰よりも一番……自慢の息子よ……毎日時間通りに着かなくたって大丈夫よ……私にだってあなたを抱きしめる権利がある……母親には子どもを抱きしめる権利があるの。

子　うん、ママ。

母親　私をちょっとでいいから抱きしめて……そうしてほしいの……私の話をきいてくれるだ

けじゃだめなの……いつからかあなたは少し素っ気なくなった……素っ気なくてギュッと抱きしめてくれない大好きなママって呼んでくれない前みたいにたくさんキスをしてくれない……私を避けてるのね……おしゃべりにはつきあってくれるけど、ほかのことになると私から逃げる。

子　もういいでしょ！　遅れちゃう……。

母親　逃げるのね！　ああ、いつも逃げることしか考えない子になっちゃったなんて私がなにをしたって言うの？

子　ごめんなさい、ママ。

母親　行きなさい！　出てって！　学校で友達と会えばいいじゃない。あなたは先生にかわいがられてる、一目おかれてるみたいだし！　行けば！　後悔しないといいけど！

子　どういうこと？

母親　わからない……もうわからないの……。学校に行かないでたまには一回ぐらい休んで家にいてくれたっていいじゃない。

子　学校を休むなんて大問題だ。だめだよ。

母親　あいにくもっと大問題もっと大きな問題だっておこるのよ。

（沈黙）

場面7

アパート。父親（六十歳を少しこえている）、その息子（三十歳）と息子の妻（同い年）。

父親　子どもには父親の厳しさが特に必要だって言ってるんだ……そうなんだよ……私が思うにおまえは息子に甘すぎる……特に父親が子どもの言うことを聞くのは間違いだ。
息子　父さん、そのことについては話したくない。
息子の妻　（息子に）どうして話したくないの……お父さんが話しているんだから少しは耳を傾けないと、ね。
息子　いや、悪いけど、僕はいやなんだ……。
父親　どうしておまえはそんなにかたくななんだ？
息子　わからない。
父親　がっかりだ、話したくないなんて……。
息子　ああ、でも仕方がない。
父親　残念だよ、いつでも思いついたことをすべてやらせてやることはあの子のためにならないんだから……好き勝手させちゃだめだ。
息子　好き勝手させてない。
父親　それはちがうと思うな……おまえの家の主人はまるであの子じゃないか、父親に対してあんなひどい口のきき方をする子どもは見たことがない……おまえの家でだぞ。

息子　黙ってくれ、父さん。

父親　もしおまえが父さんにあんな口をきこうものなら、ただじゃすまなかっただろうな……もっともおまえがこんな口のきき方をするはずもなかったし……できるはずもなかったけれど……まあおまえは手がかからなかったわけではないが……。

息子　黙ってくれ、お願いだ、父さん。

父親　お前だって、間違いを起こす可能性があったんだぞ……父さんだって、もしじいさんが手綱を締めてくれていなかったら不良になっていたかもしれない、おもしろかったわけじゃない、父さんだって毎日殴られたさ、手の届くところにいるだけでやられた、でもそのおかげで好き勝手できなかったんだから、今じゃ感謝している。いいかおまえたち、子どもに好き勝手させるのはその子のためにならないし、誰のためにもならない……その反対、めちゃくちゃになる……尊敬も権威もなくなる……めちゃくちゃだ……。

息子　やめて、父さん、黙ってくれ、お願いだから。

父親　大げさじゃない……でもおまえだって手がかからなかったとは言わせないぞ、その反対だ手を焼いたよ、おまえの前は父さんも同じだった……今じゃお前の息子が同じだ、もし父さんのやり方をお前に押しつけなかったら、いつかはお前のやり方を押しつけられていただろう、間違いない。

息子　黙ってくれってば。

父親　おまえは話したくないだろうでも、否定できないはずだ……おまえが今幸せで平穏無事に暮らしていられるのは、こんなに優しくて美しい女性と一緒にいられるのは。

息子　（爆発寸前で）やめてくれ！

父親　お前が今この平穏でまっとうな暮らしをできてるのは、父さんのおかげだって少しぐらい感謝されたってばちは当たらないんじゃないか。

息子　（かろうじて抑えて）やめろ。

父親　話したくないんだろう……話すのが怖いんだ、そうなんだろう。

息子　（抑えきれずに）やめろ！

父親　ああやめてやる、父さんの言うことをききたくない、話したくないようだから。

息子　（爆発して）お願いだ……父さんと話したくないんだ……お願いだから……僕が心のなかで思っていることを言わせないでくれよ……父さんは自分のしつけに自信がある……自分の決めたことを僕に無理やり押しつけて満足してる……自分の力に自信がある……結果に満足してる。（立ち上がる）これがご自慢の結果だ……。僕を見て、そう、満足だろう、思い通りに僕を調教したんだから……。僕はきちんとしつけられた、僕に文句はなかったはずだ……。食事のとき父さんがしゃべっているのを遮ったことは一度もない……。お客さんの前で父さんを敬わなかったことは一度もない……父さんがいいって言う前に発言したこともない……家族だけでいるときでさえ……今日だって、父さんに話すのに、どんなに努力したかわからないだろうな……どんなに勇気がいったか。大きな声を出されなくても、いつだって父さんが怖かったから……。子どもの頃ずっとおびえてた、中学生になっても、もっと大きくなってからもずっと……。そう、満足だろうな……。子どもは父親を恐れなければならないって父さんは言うけど、その通り僕は父さんが怖かった……今だって、一日中そこで椅子に座っていられると……父さんはいつも人の邪魔するのを恐れるかのように小声で聞こえないような声で話すから……そう、父さんが怖い、今でも父さんが怖くて身体のなかが震えてる……。父さんが怖いんだ……父さんが僕のいる部屋に入ってくるだけで……僕に近づいてくるだけで……話しかけられるだけで……気分が悪くなって吐き気がして内側から本物の恐怖が湧きあがってくるのを感じる……どうにもできない。この恐怖をどうにかしようと思っても……この恐怖のせいで僕は疲れて押し潰されて壊れる……。僕がいつも攻撃的なのはこの恐怖を隠そうとしているせいなんだ……でもこの攻撃的な性格をやめたいと思っている、人に対しても自分に対しても……。本当に、本当に自分の息子にはこの恐怖を味わわせたくない……。絶対に味わわせたくない……。こんな恐怖を感じないで、震えずに僕のことを見てほしい……。

息子に近づいたときに、息子の目のなかに不安や恐怖を感じたくない……。すまない、父さん、でも僕は、父さんとは違う風に自分の息子と接したいんだ……。僕が父さんに感じたのとは違うものを息子には感じてほしいんだ……。本当にそう思ってる本当に、できることなら……。ごめん、父さんのようにはなりたくないんだ……。

（出て行く。父親と息子の妻はそこにいる。黙ったまま）

場面8

完全暗転。女のシルエット。周りで、複数の男と女の声。

声　――いきみが足りません。
――あなたが赤ちゃんをひきとめてるんですよ。
――怖いんですね。
――お母さんが子どもをとめてしまってる。
――怖がらないでください。
女の声　怖くないです。
声　赤ちゃんは出たがってます。
女の声　私だって出てほしい。
声　――声を出していいんですよ、大丈夫、叫んでもいいんです。
――私たちを助けてください。
女の声　私を助けてください。

声
――やってますよ。
――力を抜いて。
――力が抜けていません。
――声を出すのを怖がらないで。
――この人は十分声を出してますよ。
女の声　出てほしい。
声　あなたがとめてしまっているるんですよ。
女の声　出てちょうだい。
声
――とめないでください。
――疲れてる。
――赤ちゃんが出てこない。
――とめてしまっているから。
――お母さん、とめないでください。
女の声　出てほしい。
声
――赤ちゃんは出たがってますよ、お母さん。
――いきんで。

――出してあげて。
――出したくないんですか。
――いきんで。
――声を出さないでいきんで。
女の声　いきんでます。
声
――息を吸って。
――赤ちゃんは出てきそうなのに、あなたがひきとめてるんですよ。
――どうして出ないんでしょう?
――とめてしまっているから。
――父親はどこ?
――父親はいません、見たことがない。
――さっき男の人がいたけど。
――父親じゃない。
――男の人だった。
――お母さん、赤ちゃんをとめないで。
女の声　出てきて。
声
――あなたが赤ちゃんをとめているんですよ。

――これ以上なかにおいておけないんですよ。
女の声　これ以上なかにおいておきたいなんて思ってない。
声　それじゃあいきんで。
女の声　出たくないいんじゃないかしら。
声　あなたがとめてるんです。
女の声　赤ちゃんが怖がってるのを感じる。
声　怖がっているのはあなたです。
別の声　さあもう終りにしないと。

場面9*

〔*エドワード・ボンド作『ジャケット（Jackets）』の一場面より着想を得ている。〕

病院の一室。部屋のなかには、白いシーツを被された遺体。入り口に、女ふたりと男ひとり。

マルケールさん　友達です、近所の、一緒に来てもらったんです。
刑事　ご遠慮ください。
マルケールさん　一緒に入れないいんですか？

刑事　ええ、だめです。
近所の友達　いいわよ、ここで待ってるから。
刑事　お入りいただけるのはご家族だけです。
マルケールさん　（白いシーツの下にある遺体の方を指して）私もあの人の家族じゃありません……
　だってうちの子じゃない、うちの子のはずがないもの。
近所の友達　行きなさいよ、そうすればはっきりするから。
刑事　お願いします、息子さんじゃないことを確認してください。
マルケールさん　うちの子じゃないですから。
近所の友達　でも見てきなよ。
マルケールさん　行きたくない。
近所の友達　なにが怖いのよ？
マルケールさん　いやだ。
刑事　シーツをめくって、見てください……息子さんじゃなかったら私に息子じゃないって言
　ってください。
マルケールさん　シーツの下を見たくない。
刑事　なんでもありませんから。
近所の友達　ほら、私がついてるから。
マルケールさん　うん。
近所の友達　行きなよ、こんなの形だけだから。

マルケールさん　そうだよね。
刑事　見てきてください。
マルケールさん　おかしくない、あの子じゃないってわかっても意味ないよ、怖くなってきた。
近所の友達　莫迦げてるってことは知ってるでしょ。
マルケールさん　うん。
近所の友達　言ってたじゃない、うちの子が今どこにいるかちゃんとわかってるって、電話はつながらないけどどこでなにをしてるか知ってるって。
マルケールさん　キャンプに行ってる。
近所の友達　うちの息子も一緒だよね、それに同級生三人も……私たちを見たら笑い転げるわよ。
マルケールさん　ホントそうだよね。
近所の友達　（刑事に）私たちの言うことききやしないんです、私たちが心配しすぎだって……うんざりだって、確かに過保護すぎることもあるけど。
マルケールさん　当たり前でしょ、息子を愛してるんだから。
近所の友達　息子しかいないものね、父親はどっかいっちゃったし。（刑事に）お子さんはいますか？
マルケールさん　ちょっと、いいわ行ってくる。
近所の友達　いなくならなかった父親がいたら会ってみたいわ。
刑事　奥さんどうぞ。
マルケールさん　行ってくる、怖くなんかない。

近所の友達　そうそう、見たら帰ろう。
マルケールさん　行ってくる……。（沈黙。彼女は行く）怖いものなんかない。
近所の友達　そう。
マルケールさん　（シーツの下にある遺体の方へ向かいながら）とにかくこうすればはっきりするんだから。
近所の友達　そうそう早く帰ろう。家に。
マルケールさん　うちに寄って。ソファーに座って、静かに待とうね。子どもたちの帰りを静かに待とう。

（彼女は立ち止まる。友達の方へ振り返る。まるでこれ以上進みたくないような様子で）

さあ。あんたの子じゃないんだから。
マルケールさん　どうしてあの子の可能性があるのかわからない。
近所の友達　あの遺体はあんたのうちから二百メートル離れてる、薬チュウが朝から晩まで集ってクスリやってるとこで見つかった……あんたの息子とどんな関係があるっていうの？
……あの子はここから百五十キロ離れた山ん中にいるんでしょ……なに言ってるのよ。
マルケールさん　うちの子はキャンプに行ってる。
近所の友達　あの子はキャンプに行ってる。
マルケールさん　あんたの子と。

近所の友達　そううちの子と。ふたりとも友達とキャンプしてる。
マルケールさん　それじゃあどうして、遺体を見てそれはマルケールさんとこの子じゃないかって言う人がいるわけ！？
近所の友達　マルケールさんのとこの子じゃないかって言ったんじゃなくて、マルケールさんの子と同じ空色のジャンパーだって言ったのよ。
マルケールさん　（遺体を指して）あの子のジャンパーには見えないけど……。
近所の友達　この辺で空色のジャンパーを持ってるのはあの子だけじゃないよ、この辺のガキの半分は持ってる。
マルケールさん　あんなダサいの。
近所の友達　子どもたちはダサいのが好きなのよ。
マルケールさん　そうだね。
刑事　奥さん方、単なる確認ですから。
近所の友達　そうよ、行ってきな。
マルケールさん　行ってくる。だめ、無理。
近所の友達　どうして？
マルケールさん　わからない。ていうかわかる。
近所の友達　どういうことよ。
マルケールさん　あの子だったら。
近所の友達　そんな、なに莫迦なこと？

マルケールさん　あの子よ……。そんな気がする……。今はうちの子だと思う。あの子。あの子よ。
近所の友達　なに言ってるの！？
マルケールさん　絶対あの子だよ。
近所の友達　そんな莫迦な！　いい加減にして。エリザベート、きいてる！？
刑事　奥さん確かめてくださいい、そんな難しいことじゃないですから。
近所の友達　エリザベート、さあ。見たら安心できるから。あの子じゃないわよ。あんたの息子じゃない。
マルケールさん　そう思う？
近所の友達　当たり前でしょ、私が言ってるんだから。
マルケールさん　そうだね……あんたの言うとおりよね。
近所の友達　さあ、早くして。
マルケールさん　行ってくる。

（彼女は進む）

刑事　奥さんシーツをめくってください。それで終わりです。
マルケールさん　（シーツを被せられた遺体の横で）この通り。ほら。着いた。
刑事　めくってください……。

近所の友達　めくって。
刑事　シーツをめくってください。
近所の友達　ほら、シーツをめくって、ったく、なにやってるのよ。
マルケールさん　（シーツをめくらないまま）あの子よ。
近所の友達　もう、ありえない。世話がやけるねまったく、信じられない。シーツを持って、めくるの。あんたの子じゃないって言ってるでしょ、ありえないって。
マルケールさん　うん、わかった。

（沈黙。
彼女はシーツをつかむ。目を閉じる。頭をあげて、目をつむったままシーツをめくる。シーツがめくられている。目をあける。間。目はあいているけれど見ていない。それから頭をさげる。見る。シーツを元に戻す）

マルケールさん　うちの子じゃない。
近所の友達　ほらごらん……だから言ったでしょ……私までびびっちゃった、まったく。
マルケールさん　うちの子じゃない、うちの子じゃない、うちの子じゃない、うちの子じゃない。
近所の友達　そうでしょう！　私がなんて言ったか覚えてる!?　ホントに世話がやけるんだからあんたは、少しは人の話を聞くもんだよ。

マルケールさん　うちの子じゃない、うちの子じゃない、うちの子じゃない、うちの子じゃない、うちの子じゃない。

近所の友達　もうくたくた……ぐったりよ。（マルケールさんは大きな笑い声をあげる、明らかに神経が高ぶった様子）こういうあんたを見るほうがましだよ。こんなあんたが見られてホントに嬉しいよ。（マルケールさんは気が狂ったように笑う）。あらら、気狂いみたいに笑ってる……。（マルケールさんの笑いがうつる）さあ、もう帰ろうよ、ね？

（マルケールさんは笑い続ける。遺体の前にとどまる。さらに激しく笑う……）

近所の友達　（彼女も笑うが、心からではない）うそでしょ、もうやめて！　もう行こう。ここから出よう……。ねえ……。ずっといるようなとこじゃ……（マルケールさんはさらに激しく笑う）エリザベート、もう帰ろう。（笑い声）行こうって言ってるでしょ。（笑い声）やだ信じられない。（マルケールさんは突然笑うのをやめる。沈黙）どうしたの？

マルケールさん　知ってる……この顔……。

近所の友達　なに？

マルケールさん　知ってるの！

近所の友達　なに言ってるの？

マルケールさん　この顔、知ってると思う。

近所の友達　知ってる人なの？

マルケールさん　この顔、知ってる顔。よく知ってる顔。
近所の友達　知ってるの？
マルケールさん　うん……この顔。この顔……知ってる……。とてもよく……ああ！　うそでしょ……。
近所の友達　エリザベート、なにふざけたこと言ってるの！？……なんなのよ一体……？
マルケールさん　でもそう……もちろん……ああまさか！　そんな……。
近所の友達　いったい誰なのよ？
マルケールさん　わたしの。
近所の友達　あんたの。
マルケールさん　わたしの息子よ、この顔は！（友達は黙る）うちの子……どうしてこの顔なの？
　うちの子じゃなかったらどうしてこんなに私に訴えかけるの？　あの……私の息子……
　うちの子であってほしくなかった……でもあの子なの……。
近所の友達　やだ、うそでしょ！
マルケールさん　お願い、助けて。
刑事　奥さん、見てください。もう一度シーツをめくってください。
マルケールさん　絶対無理。
刑事　シーツをめくってください。
マルケールさん　いいえ、できません。
近所の友達　どこかに椅子はありませんか、座りたいんですけど。

マルケールさん　私の息子よ！　こんなことがいつかは自分の身におこると思ってた……わかってた。この子の父親と別れたときに。そんな気がした。つけがまわってくるって……。いつかは。必ずつけを払うことになるって、いつかは……。可哀想な子どもたち。こんなひどい両親を持つなんて。愛し合うことができない。子どもたちは大きな犠牲を払っている。犠牲になってる。私の息子は犠牲になってる……。なんてこと……私の過ちのために息子が犠牲を払ってる……。なんてこと……。
近所の友達　やめて、エリザベート！
マルケールさん　私は犯罪者。夫と別れた女はみんな罪を犯したのと同じ。私たちは自分の子どもを殺した。私は息子を殺したの……。今日、うちの子は死んだ、私が殺した。
近所の友達　頭がおかしくなってる。しっかりして。もう一度シーツをめくって。お願いだから。
マルケールさん　いや、できない。
近所の友達　自分の言ってることがわかってるの？　あんたが見たものは確かなの？　今さっきはあんたの子じゃないって言ったじゃない？
マルケールさん　でも、あの子だったんだ！
近所の友達　もう一度見てちょうだい。もしあんたの子なら、すぐにわかったはず。あの子だってわかったはずだよ……。シーツをめくったときにわからないはずがない、まちがえるはずがないじゃない……。
マルケールさん　わかりたくなかった、そのせいよ。
近所の友達　いかれてるよ、エリザベート……あんたを助けるのにもうなにをしたらいいかわからない。

マルケールさん　私が耐えられるように助けて、どうにかなっちゃいそう。

刑事　奥さん、もう一度見てください。

マルケールさん　私に指図するのはやめてください！

近所の友達　エリザベート、落ちついて。

マルケールさん　私は自分の子を殺した。

近所の友達　あんたは自分の息子を殺してないよ、エリザベート。

マルケールさん　あの子を産んで、あの子の父親と別れたその日に、あの子を殺した。

近所の友達　もうやめて！　正気に戻って、シーツをめくってちょうだい。

マルケールさん　シーツの下にいるのは私の息子。

近所の友達　もう一度そのシーツをめくるのよ。

（マルケールさんは突然ひざまづく）

マルケールさん　ほら、こうやってめくる。

（彼女はシーツをめくらない。間。そしてシーツをめくる。遺体があらわになる。見る。そしてシーツを元に戻す。沈黙）

近所の友達　エリザベート!?（マルケールさんは黙っている）なにか言って！
マルケールさん　あの子じゃない。
近所の友達　だから言ったじゃない！　本当に世話が焼けるんだから……もういやだ……私まで心臓がとまりそうだったよ。
マルケールさん　あの子じゃない。
近所の友達　私がずっとそう言ってるでしょう……本当に恨むよ。
マルケールさん　私の息子じゃない。
近所の友達　あんたの息子は今頃ぐっすり眠ってるわよ、どこかは知らないけど……。
マルケールさん　うちの子じゃない。
近所の友達　……それか、テントのそばで、うちの子とバーベキューしてジャガイモを焼いているわよ。
マルケールさん　ありがとう、神さま、ありがとう。
近所の友達　あんたの子となんの関係があるの、そこにいるガキはクスリまみれのとこにいたんだよ。
マルケールさん　ああ神さま、こんなに幸せを感じたことはない、恐ろしい。
近所の友達　わけのわかんないことばかり言って！　さあ、もう行こう、私はもう帰りたい、あんたのおかげで味わったこの小一時間の体験を忘れないだろうよ。
マルケールさん　ああ神さま、仏さま。
近所の友達　ほら、行こう、ね、エリザベート……この人たちだって仕事があるんだから……

（マルケールさんは再び笑い始める）帰ろう、お願いだから、もうやだ、いい加減にして。

（マルケールさん、笑う）

刑事　あなたのお子さんでないのなら、お帰りください。

（マルケールさん、笑う）

近所の友達　行こう、エリザベート、そんなとこにいないで。

（マルケールさん、笑う）

刑事　行きましょう、奥さん。

（マルケールさんは笑い続けながら刑事に合図をする。自分の方に来るようにと手で合図をする）

近所の友達　まだなにかあるの？

（マルケールさんは笑い、刑事に合図を続ける）

刑事　奥さん、もうお帰りいただかなければなりません。

（合図を続ける）

近所の友達　行ってやって、刑事さんに来てほしいみたいだから……。
マルケールさん　（笑いを止めることができず）お願いです（笑い続ける）、ああいやだ！
刑事　どうしたんですか？（マルケールさんの方へ行く）ここにいる必要はないんですよ……もう。
マルケールさん　（自分の笑いをどうにもできないまま）ああ、なんてひどいこと！
刑事　ここにいてはいけません。
近所の友達　エリザベート、どうしたの？
マルケールさん　（刑事だけに向かって）嬉しい、こんなに幸せな気持ちは初めて、ひどい。うちの子じゃありません、どんなに幸せか、すごく怖かったんです、あの子だって思いこんでいたから。
刑事　奥さん、行きましょう。
マルケールさん　（刑事だけに向かって）わからないでしょうけど、とても幸せ、ひどいでも幸せ。
刑事　さあ、もう行かないと。
近所の友達　エリザベート、どうしたの？　なにやってるの？
刑事　お友達のところに戻ってください。

近所の友達　（刑事だけに向かって）エリザベートの子じゃない、あの子、家にもどったらこっぴどくやられるわよ。
刑事　さあ。
マルケールさん　うちの子じゃない、とても幸せ。
刑事　行きましょう。
マルケールさん　いや、だめ……。
近所の友達　どうしたの？
マルケールさん　あの人のところに戻れない。
刑事　奥さん、どうしたんですか？
近所の友達　どうしたの、エリザベート？
マルケールさん　（笑いながら）ああなんてこと。
近所の友達　なにしてるの？
マルケールさん　（刑事だけに向かって）ひどいでも私幸せなんです、ひどすぎる、でも気が狂うほど幸せ、ひどいでもとても恐かったから……でも、あの子、彼女の息子です、ひどい、ひどすぎる、私あの子をよく知ってます、あの子です、彼女の息子です、でも私がどれだけ幸せか、うちの子じゃなくてどんなに嬉しいか、私の息子じゃなくて、彼女の……わかります？
（刑事は返事をしない）

近所の友達　どうしたの？
マルケールさん　（刑事だけに向かって）なんてこと、刑事さんから言ってください……なんてひどいことでも私はとても幸せ。
近所の友達　なにやってるの？　エリザベート、あたしは帰るよ！
マルケールさん　（笑いながら）ああ、ひどい、でも私は幸せ！　ひどいひどいひどいひどすぎる。

（沈黙）

近所の友達　（不安そうに）まだなにがあるの？
刑事　（彼女の方を向いて）奥さん、すいません、ちょっとこちらに……ここまで来ていただけますか。
近所の友達　でもどうして？
刑事　このシーツの下の人に見覚えがあるかどうか教えていただけますか？
近所の友達　意味がわからない。
刑事　このシーツの下の人を知っているかもしれないからです。
近所の友達　……彼女の息子じゃないなら、どういうこと……どうして私がその人を知っているわけ……私が。
刑事　ここまで来てシーツをめくってください……。

近所の友達　いやです。
刑事　シーツの下の人を知らないと確認するだけでいいんです。
近所の友達　いや、行かない、行きたくない。
刑事　奥さん、お願いします。
マルケールさん　私はとても幸せでもひどいこんなに幸せだなんて。

場面10

母親と娘。アパート。娘がひとりでいる。座っている。奥から母親が入ってくる。母親は黙っている。

娘　どうして来たの？　孫たちに会いに来る日以外は会いたくないって言ったはず。
母親　きついね……どうしてこんなに辛く当たるようになったんだろうね？
娘　母さんはどうして私がこんなにきついんだと思う？
母親　知らない。わからない……。
娘　知らない？
母親　ええ。入っていい？
娘　だめ。
母親　なんてきついんだろう。気の毒に。とても不幸なんだね。

（沈黙）

娘　じゃあ、行くよ。さよなら。

母親　さよなら、母さん。

娘　どうしてそんなに辛く当たるんだろうだろう。わからないよ。かわいそうに。

（母親が出て行く。

戻ってくる）

母親　戻ってきた。

娘　そうみたいね。

母親　あなたに言いたくて……。

娘　まだなにを言いたいの、母さん？

母親　そうじゃないって……その……。

娘　なにがそうじゃないの？

母親　わからないって言ったのは本当じゃない……あなたがきついって言ったのも本当じゃない……あなたはきつくない……。

娘　あらそう。

母親　ちがう、あなたはきつくない。それはきついとは違う。違う。そうじゃない。辛く当たるっていうのは違うこと。違うふう。違う態度。辛い態度とはなにか。私が教えてあげる。とても簡単。簡単に言える。なぜなら私がまさにそうしてたから。私がそうだった、あなたに対してそうしてた。辛い態度のいいお手本。きつい人の見本。そうだ。そう、あなたなら言える。私が辛く当たってたってあなたは言うことができる。私が辛く当たってたってあなたがいうべき。あなたが私に言うべきこと。なぜなら本当のことだから。私はとても辛く当たった。きつかった。きつく当たった。あなたは私に辛く当たってない。私を傷つけるような言葉も意地悪も絶対言わない。一度も。確かに私に会いたくないって言ってる。でもそれはとても普通のこと。とても普通。私にはわかってるのよ。とにかく……とにかくあなたは我慢した。母親のしうちを我慢した。どんなに嬉しかったか。あなたが我慢してくれてどんなに嬉しいか……怒りや恨みや心のなかで思っていることや私をぐったりさせるようなことを言わないでくれて。わかっているのよ、私に対するあなたの怒りや恨みをどんなにわかっているか、どんなにあなたに感謝しているか、私に対するあなたのやさしさや思いやりで、私に対する怒りやひどい言葉を心のなかとめておいてくれて。そう心の底から感謝している、あなたの心の広さに、私はあなたに対して心を広く持てなかった、私はあなたに心を広く持つようには教えなかった、それでもあなたは自分のなかではぐくんだ、そう、あなたが私に教えてくれる、私は自分の娘から学ぶ、感謝してるよ。母親って子どもから多くのことを学ぶもの。それにもっと早く気がつけばよかった。全てを知っているなんてことはあり得ないということを、一度に全てを知らなければならないことはないということを、もっと早くわかっていればよかった……許して、本当に、許してちょうだい、あなたにふさわしい母親じゃなくて……ごめんなさい……もう行くわね。

（母親、出て行く）

娘　そうね、母さん、ありがとう、出て行って。

（終）

解　題――ジョエル・ポムラとその作品

今フランス演劇で何が一番面白い？　と聞かれたら、きっとためらいなくジョエル・ポムラと答えるだろう。だが、その面白さを伝えるのは容易ではない。ポムラには、言葉で説明することをためらわせるような、どこか捉えがたいところがある。

ポムラの作品は、フランスの公共劇場でよく見られる、いわゆる芸術演劇とはかなり異なった感触を持っていて、時として良質なジャンル映画を見ているような印象すら受ける。言葉も演技も光も音も、全てが明瞭に切り取られていて、これはどういう意味なんだろう、と自問するようなことはまずない。ところが見終わると、異様にはっきりとした悪夢を見たあとのように、あらゆる種類の疑問符が頭をよぎる。あれはいったい何だったんだろう、と……。フランスでこういう類の作品をつくることができる作家というのは他に思い当たらない。

「演出家の時代」以降の劇作家

「作家」という言葉を使ったが、これは単に「戯曲というテクストの作者」という意味ではない。「私にとって戯曲というのは、舞台の残りかすのようなものなんです」とポムラは言う。[1]テクスト中心主義の傾向が強いフランスの演劇界においては、この発言はほとんど挑発的なものかも知れない。ただし、後書きを先に読むという習慣を身につけてしまった不幸な読者のためにも付け加えておけば、ポムラ作品のテクストはそれ自体として上演の息づかいを伝える非常にエキサイティングなものであり、オリヴィエ・ピィはポムラを「今日のフランスにおいて最も優れた詩人の一人」(2)と評価していたりもする。

だが、『時の商人』の前書きでも触れられているように、ポムラは演出・演技・舞台装置・照明・音響……といった舞台の要素全てを「エクリチュール」とみなし、それらがそろってはじめて一つの作品になると考えている。舞台が完成し、初日が明けて一応台詞が定まったとき、それを転記したものが「戯曲」となるわけだが、それはあくまで舞台の一要素を抜き出したものに過ぎない、というわけである。ポムラは言う。「今日においては、テクストを書くという作業と演出という作業とを緊密に結び合わせることなしには演劇の作者(auteur)にはなれない、と私は思う。この二つの段階を異なる性質のものと捉えるのは誤りだと思う。」(Joël Pommerat, *Théâtres en présence*, Actes-Sud, 2007, p. 15.)

これは単なる観念的なモデルではない。ポムラはまず劇場に舞台装置と照明を組み、そこに俳優が入って、はじめて台詞を書きはじめるという。その時点で俳優の手に渡っているのは断片的なメモのみで、俳優や技術者と一緒に場面を作り上げていく。日本の劇場事情からすれば信じられないような贅沢な話だが、フランスでもこんな作品の作り方をしているのはポムラくらいだろう。自ら劇場を持たないプライヴェート・カンパニーで、このような条件をつけても、フランス語圏の名だたる劇場から次々とクリエーションのオファーを受けている(3)ことからも、ポムラの作品がいかに高い評価を得ているかが分かるだろう。

ポムラがこのような手法を採る目的の一つは、書きすぎないためである。「演出家でない劇作家は、一読して理解できるようにするため（だから多くのテクストを読ませることになる）、そして演出家に解釈のカギを与えるために、自分の意図や意見を過剰に明瞭にしたり、書き方《エクリチュール》を単純化したりする」とポムラは言う（*Théâtres en présence*, p. 17）。

この手法が成立しているのは、ポムラが自分の能力と目標について、強烈な確信を持っているからでもある。ポムラは二〇〇三年に、劇団の核となる七人の俳優たちと「今後四十年間、毎年新作を発表し、各作品でそれぞれの俳優に一定の重要性を持った役を与える」という約束を交わしたという（*Ibid.*, p. 7、現在は五人）。数々の作品制作を通じて目標と経験を共有した俳優たちは、ポムラの最良の「共犯者（complices）」（*Ibid.*, p. 6）となっている。とりわけ近年、ポムラは自らの「文体の消去」を一つの目標としていて、俳優に状況だけを与えて即興で演じさせ、それをもとに台詞を作っていく手法を採っているという。

存在の不確かさ

テクストだけでは作品とはなり得ない。この演劇観の背景にあるのは、「存在の不確かさ」とでもいうべきものへの強迫的な執着でもある。『時の商人』以前の作品においては、往々にしてこれが作品の主題にまでなっている。『極 Pôles』（一九九五、以後作品の年代は初演の年を示す）においては主人公が記憶を喪失しつづけ、『私の目のおかげ Grâce à mes yeux』（二〇〇二）においては終盤になって主要登場人物のアイデンティティそのものが疑問に晒され、『片手で D'une seule main』（二〇〇五）に至っては切り落とされたはずの手がいつの間にか生えていたり、死んだはずの人物が何の説明もないまま生きて出てきたりする。

聞いたことが正しいのか、見たことが正しいのか。ポムラは決して解答を与えることはしない。

むしろ、この存在の不確かさを表現する最良の手段として、身体と実体を持たない言葉とが重層的な関係を築く演劇という手段を選択しているのである。

ドキュメンタリー性／『うちの子は』

このポムラの作品群のなかで、『うちの子は Cet enfant』(二〇〇三)は特異な位置を占めている。この作品は「家族手当基金」の委嘱を受け、ノルマンディー地方の福祉施設でのインタビューや俳優たちの個人的な体験談に取材して書かかれたものである。フランスの地方都市郊外に生きるブルーカラー家庭の殺伐とした会話が非常に生々しく(この領域ではポムラの右に出る劇作家はいないだろう)、ポムラ自身の体験が反映されているようにさえ思える。一方で単なるドキュメンタリーとはほど遠く、場所や職種などの固有性は最大限に排除されている。この作品はアルゼンチンでもロシアでも「うちの国の家庭事情を知っていて書いたのではないか」と言われたというくらい、現代の孤立化した家族の状況を高度な普遍性と具体性をもって描き出している。

多少脇道にそれるが、歌謡曲に詳しい人のために書いておくと、この作品の上演時は生演奏がつき、ぎすぎすとした母娘の会話のあと、幕切れに、フランスでは誰もが知っているアンリ・サルヴァドールの子守歌「やさしい唄 Une chanson douce」が歌われる。これも、作品の名指す「現実」を一意に定めないための配慮であろう。

劇的アイロニー／『時の商人』

『時の商人』(二〇〇六)はそれまでの作品群で追求された「存在の不確かさ」というテーマと、『うちの子は』で見出された生々しい現実とが絶妙に交錯したところに産まれた傑作である。[4] この作品が同年のアヴィニヨン演劇祭で上演された際にはル・モンド紙の一面で取り上げられた。マスメディアで舞台が紹介される機会が日本に比べて格段に多いフランスにおいても、これはかなり異例のことである。ここまでセンセーションを呼んだのは、演劇で取り上げられる機会が多いとはいえない失業という問題を、鮮烈なリアリティをもって描いたからだろう。自らをとりまく現実に適応しようともがく身体によって、迂回を重ねてつむぎあげられていく言葉が、ポムラ作品の肉となっている。そしてこの言葉と身体のあいだに、語り得ない現実が不気味な空虚として浮かび上がってくる。

『時の商人』以降、ポムラはこの一種の「劇的アイロニー」を極めて戦略的に用いるようになる。劇的アイロニーとは、一部の登場人物の知らない情報を観客に与えることで、登場人物の盲目さを浮かび上がらせる手法である。しかしポムラ作品においては古典劇の場合と異なり、観客が得る情報自体も錯綜していて、超越的な立場に立つことは許されていない。

『時の商人』は『世界に Au monde』（二〇〇四）、『片手で D'une seule main』（二〇〇五）とともに三部作とされているが、この三作では、ある時代のある社会が、三つの視点から描かれているようである。『世界に』においては危険な廃棄物を処理する巨大な多国籍企業を作り上げた年老いた「父」と、軍役から帰還してきた息子とのあいだの事業継承が主題となっており、『片手で』では軍政に関与してきたらしい「父」と野党指導者の娘、国防大臣である元娘婿のあいだで、過去の清算が主題となる。『時の商人』と『世界に』では女性連続殺人というモチーフ、『時の商人』と『片手で』では空軍の出動というモチーフが重なっている。つまりこの三部作では、国家の暴力とミニマルな世界での暴力的関係との共鳴が、産業界、政界、そして労働者のそれぞれの視点から語られているわけである。なかでも、触れられるのみで触れることはできない不可視の暴力装置を労働の現場から描く『時の商人』においては、極めて新鮮な視野が切り拓かれている。しかしどの視点から見たところで、視界を覆うのは父、母、兄弟、そして（曖昧な関係の）友人たち、といった極めて私的な綱目ばかりで、「全体」のようなものが見て取れることは決してない。

寓話とリアリティ

以上の作品群と並行して、ポムラは『赤ずきんちゃん Le Petit Chaperon rouge』（二〇〇五）、『ピノキオ Pinocchio』（二〇〇八）という、子どもも対象とした寓話劇を発表している。『赤ずきんちゃん』では、幼児的な母親と大人びた子どもを描く『うちの子は』第六場の演出が転用されていて、今日の現実との架け橋が用意されている。『時の商人』の前書きで「寓話劇（fable théâtrale）」という言葉が使われているが、これ以降の作品においては、現実を描くための寓話、という性格が強くなっているように思われる。

同時に『時の商人』以降、労働という主題がその比重を増していく傾向がある。ポムラが労働というテーマに関心を持つ背景には、一つには、そこで隠匿されている暴力的関係への関心があり、もう一つには、フランス／ヨーロッパの左右双方の言説において、「労働」の価値にアクセントを置こうとするあまりに、人生におけるそれ以外の要素が脱価値化されてしまうという皮肉な現象がある。ホラー映画や都市伝説に参照しながら、孤独と共生をめぐる衝撃的な寓話が次々と展開していく『私は震える（1・2）Je tremble (1 & 2)』（二〇〇八）においても、労働の価値を信じて、次々と指を失いながらも危険なポストで働きつづける女性工員が描かれていた。円形の舞台を囲むように、四方に階段状客席を組んだ特設劇場で上演される連作『サークル／フィクション Cercles / Fictions』（二〇一〇）、『私の冷蔵室 Ma chambre froide』（二〇一一）においては、前者では一三七〇年から現代までの様々な状況を描き、後者では今日のスーパーマーケット業界に焦点を定めて、利得と感情、善意と悪意が多様に交錯する雇用／被雇用の関係を正面から採り上げている。並行して笑いの要素も徐々に大きく取り入れられるようになってきた。

四〇年契約の満了まであと三二年残っているわけだから、まだまだ発展途上の作家といえるだろう。今後の展開が楽しみである。

（1）東京日仏学院主催の夕食会（二〇一〇年一二月一六日、ラ・ブラスリー）での発言。
（2）二〇〇八年七月、アヴィニヨンでの昼食の席で。二〇〇七年にオリヴィエ・ピィが審査委員長を務めた「第三回戯曲大賞」では、『時の商人』が大賞を獲得している。
（3）ポムラ率いるルイ・ブルイヤール・カンパニーは二〇〇七年から二〇一〇年までピーター・ブルック率いるブッフ・デュ・ノール劇場（パリ）のレジデント・カンパニー、二〇一〇年からはピィ率いるオデオン座並びにベルギーフランス語圏国立劇場のレジデント・カンパニーとなっている。
（4）この作品に関しては、藤井慎太郎氏による詳しい紹介がある（「ジョエル・ポムラ『商人』――現代における労働と貧困の寓話」『WALK』第五七号、二〇〇八年、一〇七〜一一九頁）。

（横山義志）

ジョエル・ポムラ Joël Pommerat
1963年生まれの劇作家・演出家。1990年にルイ・ブルイヤール・カンパニーを設立。サスペンスに満ちたテクストと作り込まれた演出とが一体となった作品で地歩を築き、『時の商人』（2006年）ではフランス戯曲大賞を受賞。作品は十以上の言語に翻訳されている。現在はオデオン座などのアソシエートアーティスト。

横山義志（よこやま・よしじ）
SPAC - 静岡県舞台芸術センター文芸部で海外招聘プログラムなどに携わる。パリ第 10 大学演劇科で博士号を取得。専門は演技理論史。近刊論文に「アリストテレスの演技論　非音楽劇の理論的起源」（『演劇学論集』52 号、2011 年 5 月）。

石井　惠（いしい・めぐみ）
座・高円寺（杉並区立杉並芸術会館）で企画・制作を担当。パリ第 3 大学演劇科で学ぶ。共訳に『コルテス戯曲選』（れんが書房新社）、『演劇学の教科書』（国書刊行会）、『ヤン・ファーブルの世界』（論創社）。

編集：日仏演劇協会
編集委員：佐伯隆幸
齋藤公一　佐藤康　高橋信良　根岸徹郎　八木雅子

企画：東京日仏学院 L'INSTITUT 東京日仏学院
〒 162-8415　東京都新宿区市ケ谷船河原町 15
TEL03-5206-2500　tokyo@institut.jp　www.institut.jp

コレクション　現代フランス語圏演劇 10

時の商人／うちの子は　*Les Marchands / Cet enfant*

発行日———2011 年 6 月 20 日　初版発行

＊

著　者——ジョエル・ポムラ　Joël Pommerat

訳　者——横山義志・石井惠

編　者——日仏演劇協会

企　画——東京日仏学院

装丁者——狭山トオル

発行者——鈴木　誠

発行所——㈱れんが書房新社

〒160-0008　東京都新宿区三栄町 10　日鉄四谷コーポ 106

TEL03-3358-7531　FAX03-3358-7532　振替 00170-4-130349

印刷・製本——三秀舎

ISBN978-4-8462-0380-1 C0374

コレクション 現代フランス語圏演劇

黒丸巻数は発売中

1 A・セゼール　クリストフ王の悲劇　訳＝根岸徹郎

❷ M・ヴィナヴェール　いつもの食事　訳＝佐藤康
2001年9月11日　訳＝高橋勇夫・根岸徹郎

3 H・シクスー　偽りの都市、またはエリニュエスの覚醒　訳＝高橋信良

❹ P・ミンヤナ　亡者の家　訳＝齋藤公一
N・ルノード　プロムナード　訳＝佐藤康

❺ M・アザマ　十字軍／夜の動物園　訳＝佐藤康

6 V・ノヴァリナ　紅の起源　訳＝ティエリ・マレ

7 E・コルマン　天使たちの叛乱／フィフティ・フィフティ　訳＝北垣潔

8 J＝L・ラガルス　世界の果てに／忘却の前の最後の悔恨　訳＝福田悠歩

9 K・クワユレ　ザット・オールド・ブラック・マジック　訳＝八木雅子
ブルー・ス・キャット

❿ J・ポムラ　時の商人　訳＝横山義志／うちの子は　訳＝石井惠
お芝居　訳＝佐伯隆幸

⓫ O・ピィ　若き俳優たちへの書翰　訳＝齋藤公一・根岸徹郎

12 M・ンディアイ　パパ帰る　訳＝住田未歩

⓭ W・ムアワッド　沿岸　頼むから静かに死んでくれ　訳＝山田ひろ美

⓮ D・レスコ　破産した男　訳＝奥平敦子／自分みがき　訳＝佐藤康

15 F・メルキオ　セックスは時間とエネルギーを浪費する精神的病いである　訳＝友谷知己

＊作品の邦訳タイトルは変更になる場合があります。